Corre la sangre, doña Inés
Javier Suazo Mejía

Corre la sangre, doña Inés
Javier Suazo Mejía
Primera edición, 2022 ©
Revisión: Roberto Carlos Pérez
Edición: Leda Chávez Marroquín
Diseño de portada: Knny Rojo
Diagramación y cuidado editorial: Óscar Estrada
234 páginas, 5.25" x 8"
ISBN-13: 978-1-942369-72-1
ISBN-10: 1-942369-72-7
Impreso en Estados Unidos.

Casasola LLC
casasolaeditores.com
info@casasolaeditores.com

Javier Suazo Mejía.
(Tegucigalpa, 1967)

Autor de tres novelas publicadas: *Quetzaltli, la lágrima del Creador* (2018); *El fuego interior* (2018) y *De gobernantes, conspiradores, asesinos y otros monstruos* (2005) y su reedición bajo el título *Entre Escila y Caribdis* (2019). También es autor del libro de cuentos *Distopía, cuentos de ciencia ficción del tercer mundo* (2020) y del poemario erótico *Bajo la curva de la luna* (2020). Su cuento «La paga del diablo» forma parte de la antología de relato negro *Doce cuentos negros y violentos* (2020), y otro relato breve, «El sermón», aparece en la antología *El cuento sacrílego y pecaminoso en Honduras* (2022). Realizador cinematográfico con varios documentales, cortometrajes y tres largometrajes: *La hora muerta* (1989); *Toque de queda* (2012); *Cuentos y leyendas de Honduras* (2014) y *Kaha Kamasa, en busca de la ciudad perdida* (2019). Músico compositor y bajista en la banda de rock Triángulo de Eva con un álbum grabado: *Cien años* (1998). En la actualidad asesora en la producción de programas de TV y realizaciones cinematográficas. Ha ganado diversos premios y reconocimientos como escritor en las ramas de cuento, novela y como guionista, ganador de tres concursos nacionales de literatura y finalista del concurso de nuevos guiones para series de ficción de la cadena Fox Latinoamérica.

Corre la sangre, doña Inés
Javier Suazo Mejía

www.casasolaeditores.com

También en la muerte hay campos de labranza —le respondió—,
y el que muere trabaja en sus maizales mientras cuenta otra vez
las historias de cuando vivía en este mundo.

William Ospina

En la medianoche del Amazonas, reptan diversas alimañas. Algunas no representan peligro, otras, son letales, pero ninguna es inocente, todas siguen propósitos siniestros. Hay una pasión que las conduce, un vicio aún más potente que la lascivia o la envidia: la codicia por el poder.

Por un lado están los «marañones», liderados por don Hernando de Guzmán y manipulados por Lope de Aguirre, «el Loco». En el otro bando, aquellos que aún son leales a la memoria de don Pedro de Ursúa, también tienen un líder en la sombra: doña Inés de Atienza, la mujer más bella del Perú, hija de una ñusta, concubina real del Inca, y de Blas de Atienza, un notable conquistador español.

La agitación puede palparse en ambos campos, pero esta no es visible a los ojos del incauto. Diríase que una paz celestial domina el campamento, a orillas del río Marañón, de donde les viene el nombre a los soldados de Aguirre.

Esa paz es un espejismo, pero, a pesar del peligro latente, a los humanos nos gusta vivir de ilusiones. En nuestras casas soñamos que vivimos en lugares apacibles en donde debe existir aquello llamado justicia, libertad, igualdad, fraternidad. Deseamos permanecer ajenos a los tenebrosos mecanismos que nos mantienen sumisos, mientras un puñado diabólico se alimenta de nuestros bienes y de nuestros sueños.

Es una noche oscura. Un ambiente ideal para intrigas, una antesala a las delaciones, a la conspiración, a las desapariciones, a la tortura, a la hora del verdugo.

Esta es noche de aquelarre, la hora nocturna en la que se abren las puertas del infierno, para reclamar a sus víctimas sobre el altar del sacrificio.

Así como corre el río Marañón, de corriente ancha, incesante y turbia, correrá la sangre.

I
EL REINO DEL PERÚ

¿Qué hay amigo, al otro lado del silencio?

J. Gallardo / R. Álvarez

Al otro lado del silencio - Ángeles Del Infierno

Dicen los espíritus...

TODO LO VEMOS, TODO LO SABEMOS, lo que fue, lo que será. Esa es nuestra condena: saberlo todo y no poder hacer nada. Alterar el mundo material es imposible para nosotros, mi cholita, ¿lo entiendes? Los espíritus no tenemos cuerpo, solo tenemos memoria; los vivos, que sí tienen cuerpo, desprecian la memoria.

Dinos qué quieres ver y te lo mostraremos: ¿tus días lindos?, ¿tus amores?, ¿la saciedad de tu venganza? Dínoslo y te dejaremos asomarte al abismo de los tiempos, mi bella.

¿No quieres ver el pasado? ¿Segura que no quieres?

No cabe duda, eres diferente a los demás. Todos viven anclados a lo que fue. Tú has preferido ver más allá, a ese tiempo ajeno a tus días, cuando ya el recuerdo de todo lo que viviste se haya evaporado.

Pero por ahora no podemos mostrarte el futuro, cholita bella. Hay una regla que debemos cumplir antes de que viajes a lo que vendrá a ser: tendrás que recordar lo que fue. Es para que no te pierdas en el abismo, para que no te barran los vientos de la eternidad. Recordar es indispensable para que no te coma el olvido. Aguántate un poco, nomás un poquitito, ya verás cómo lo amargo pasa pronto y, más luego que tarde, estarás deleitándote en los días que corren delante de tu tiempo.

Ahora vuelve la vista hacia atrás, antes que tus recuerdos comenzaran. Mira los días aquellos en que los capacochas nos asombraron. Cuando creíamos que eran nuestros dioses y que venían a llevarnos en sus casas flotantes hacia la primera tierra.

Qué triste fue descubrir que no eran viracochas, sino simples mortales, menos que otros hombres, capacochas, casi animales, títeres de sus propios impulsos. No venían a llevarnos a ningún lado, venían a quedarse con nuestro oro, con nuestras mujeres, con nuestras almas, con nuestra tierra.

Pero, mira nomás, aún del desecho surge la belleza. Ya ves, cholita linda, tú eres parte de esos primeros capullos que florecieron de los amores de los cara-blanca con nuestras mujeres. Tu semilla vino del otro lado del océano. El valiente don Blas de Atienza, tu padre, estuvo con los primeros capacochas que vieron el mar del poniente después de abrirse camino a tajo de sable por las junglas del Darién.

Comenzaron en busca de un pasaje a otras tierras. Atravesaron la espesura buscando un nuevo océano. Al final, siempre con sus armas adelante de su codicia, terminaron por llegar hasta el Perú para someterla a sus pasiones y a sus santos-dioses.

Allí se formó el soplo de tu espíritu, entre los helados vientos del Cuzco y la mirada melancólica de sus doncellas. Chestan Xefcuin, tu madre, la que despertaba la lujuria, la que incendiaba incluso a los espíritus, ñusta del emperador, mujer que alborotó a los cortesanos, a los guerreros, a los sacerdotes y a los dioses; era la única que podía contener el desbordado frenesí con el que tu padre se despeñó sobre la tierra de los incas. Así se mezcló la sangre que luego corrió por tus venas, la misma que te inflamó de amor por Pedro de Ursúa, la que te envenenó de venganza y la que, al final, corrió entre los cerros de tus pechos para resbalar por la angostura de tu talle, hasta perderse en la tierra negra del reino de los motilones.

¡Pobre raza la tuya, mi bella! La semilla de la definitiva humanidad que fue fecundada en las brasas de la codicia y la pasión, maldita por la fatalidad que llevaba su simiente, pero criada con la leche de la esperanza.

Todo lo que eres y todo lo que será viene de ahí, niña hermosa, de la pasión que te creó, la misma que te hizo lamer el fuego y devorar las ascuas del deseo. Esa es tu historia, cholita, la historia que te vamos a contar, porque a eso hemos venido, a contarte historias, por eso te trajimos ante la hoguera azul en donde se reúnen todos los que acaban de cruzar ese puente entre la nada y la eternidad al que llaman vida.

Siéntate cholita, déjanos contemplarte. Fuiste la mujer más bella del Perú cuando vivías, ahora eres la mujer más hermosa en el *Uku-Pacha*, el mundo de los muertos. Siéntate y escucha atenta, para que el abismo no te coma la memoria, ni te enrede en el olvido. Abre tus ojos a lo que fue, para que luego puedas visitar las historias del futuro sin temor a disiparte en la niebla de todos los tiempos.

Inés de Atienza, difunta...

¿DE VERDAD CREEÍS CONOCERME? Sería mejor que me conocierais antes de querer ahogarme en vuestros consejos. Vosotros, los que escribís la historia sois todos hombres y como hombres me veis y me juzgáis. Siempre débil, en necesidad de un campeón que defienda mi vida y mi honor.

Pero, esa no soy yo.

¿Por qué pensáis que fui solo víctima, una miserable hoja arrastrada por las corrientes bravías de la vida? ¿No os habéis puesto a pensar que yo también pude haber conspirado, que yo también pude haber trazado planes para vengarme de los que acuchillaron a mi amado Pedro de Ursúa? ¿Quién os ha dicho que yo me limité a esperar a que el destino girase?

Yo también quise el poder, por si aún no habéis llegado a sospecharlo, sabedlo.

Miráis a la mujer como siempre habéis querido hacerlo: a vuestra merced. Pues no, es mejor que os vayáis haciendo a la idea de que siempre os habéis equivocado y siempre seguiréis haciéndolo en tanto penséis que el mundo os pertenece en exclusividad, en tanto sigáis creyendo que varón es vuestro dios y varón el que traza vuestro destino. ¿Acaso no sabéis que Dios fue primero mujer, pues solo una mujer puede dar a luz y fue así como una mujer parió la creación?

Decid lo que os plazca, yo también daré cuenta de mi versión de lo que pasó en el viaje por el río Amazonas, al cual aquel sanguinario cojo, Lope de Aguirre, prefirió llamar Marañón. Ni una palabra quedará de sobra, ni una frase se dirá en vano. Vais a escuchar de mí la versión desde el punto de vista de una mujer y veréis el mundo de otra manera.

¿Aunque acaso importe eso?

No obstante, siempre habré de hablar. En vano callaría ahora que ya no hay nada que ganar, ni nada que perder. Así, pues, vamos a mi origen en esta historia, aclarando todo desde el principio para que no haya mal entendidos.

Soy criolla y mestiza a la vez, cierto. Por mis venas corre sangre principal, de español esforzado, líder en la conquista de la Mar del Sur y del gran imperio de los incas, don Blas de Atienza. También poseo sangre de ñusta por mi madre, Chestan Xefcuin, mujer de la corte del gran Huáscar Inca.

Como veis, por mis orígenes no puedo ser una mujer que es arrastrada hacia su fatal destino por la sola voluntad de un hombre. Mi destino lo he hecho yo, porque ha sido mi voluntad la que me ha conducido, con todas sus velas desplegadas, por estas corrientes bravas y traicioneras de la intriga y la guerra.

Bien cimentada estaba mi fortuna antes de contraer nupcias con mi único marido, el único que a mi lado reconocieron la iglesia y las leyes, don Pedro de Arcos, esposo de verdad, caballero inigualable del cual me enamoré de manera profunda, contrario a lo que ahora cuchichean las lenguas que reptan de puerta en puerta por todos los barrios de Trujillo, porque, como repito, no había en mí necesidad de aumentar la riqueza que ya poseía por herencia de mi padre. Y aunque bien, mi marido y yo sí aumentamos nuestras posesiones y caudales, fue por el trabajo, la constancia y la prudente administración de ambos; sin embargo, mejor nos habría ido a lo largo de una próspera vida, si no hubiese sido por Francisco de Mendoza, sobrino del marqués de Cañete y virrey del Perú, Hurtado de Mendoza.

Maldito sea Francisco de Mendoza, quien en mala hora hubo de cruzarse en nuestro camino y a quien vosotros utilizáis para manchar mi nombre y la memoria de mi esposo. Fue este, quien cegado por su lujuria, se dio a seguirme, de día y de noche acechando, como un fauno libidinoso, el momento para caer sobre mí.

Primero pensé en ignorarlo. La frialdad de una mujer es poderosa y alcanza para congelar con su indiferencia al más ardiente corazón de hombre. No obstante, este fauno irrefrenable resultó más que terco y no cejó en su intento al punto que, cuando no iba yo con mi marido a la misa, me salía al paso con ardientes frases y con poéticos requiebros intentaba besarme, aunque fuera en presencia de mi sirvienta, Mitaya Uitima.

Cuando su conducta se volvió insoportable y amenazó con volverse un escándalo público, informé de esto a mi esposo, como corresponde a toda dama prudente, ¡pero malhaya la hora en que lo hice! Los hombres solucionan sus diferencias con sangre, sobre todo en esta tierra de iras y violencias; sangre fue lo que mi marido demandó por las incesantes afrentas que Francisco de Mendoza me hacía.

Al amanecer, al frío amanecer de Trujillo, amanecer envuelto en nubes cenicientas, amanecer al filo del hielo despiadado de septiembre, en ese amanecer de nieblas y escarcha se juntaron los duelistas. Llegaron como espectros envueltos en una bruma agorera, cada uno con sus testigos y padrinos, buitres taciturnos al acecho de la próxima muerte. Los contrincantes llegaron con la sangre hirviente a pesar del gélido fantasma de la aurora que levitaba sobre aquella tierra: Pedro, febril a causa del honor vejado; Francisco, ardiendo por la concupiscencia que le abotagaba las venas.

Hablo como si lo hubiera visto con mis propios ojos, pero yo no estuve presente. No se nos permitía a las mujeres atender a esas lides, aunque eran mi vida y mi amor los que estaban en juego. Lo que ahora les cuento fue lo que a mí me vinieron a decir los compañeros de mi marido, los que atestiguaron sobre el fatal lance.

Tras cumplir con las formalidades precedentes al acuchillamiento, los duelistas tomaron sus espadas y se colocaron en el centro del campo. Los ojos de Pedro, me contaron después, eran sendos carbunclos de brillo aterrador, fijos en el rostro burlón, pálido y mofletudo de Francisco de Mendoza. El acero, desnudo, a merced del frío del alba, se mantenía firme, cada hoja inmóvil ante la mirada de su potencial víctima.

El silencio antecedió a la sangre.

El silbido del metal tajando el aire congelado, fue el primer ruido del duelo. No chocaron los aceros, no se rasgó la piel, la tibia sangre no saltó en el primer embate. Pero, el herrumbroso tufo a muerte comenzaba a cuajarse en el aura caliginosa del amanecer. Siguieron otro par de mandobles, giro de muñecas, pies firmes, avance, retroceso, mortales filos acariciando el vacío a escasos palmos del uno y el otro. Entonces, el primer choque de espadas, la sangre exacerbada bullendo en las venas, fuego y hielo… dos golpes, tres golpes, el ritmo mortal de la Parca en su danza macabra.

Pedro, hombre recio, guerrero probado en más de cien batallas, tan firme como en los años de su mocedad, asestaba golpes despiadados, atronadores. Francisco, aprendiz de conquistador, pero no menos peligroso, entrenado por mercenarios, maestros de la guerra, joven, de sangre intensa, golpeaba también con resonantes embates de su acero. Ambos enredados en un baile mortífero: estocada, giro, contraestocada, golpe, jadeo y nueva estocada.

Entonces, tras un hábil movimiento de experimentado esgrimista, la espada de Pedro infligió el primer tajo sobre el costado de su rival. El joven sobrino del virrey no pudo contener el gesto de horror que afloró en su rostro. Aunque la herida fue leve, era su sangre la primera en fluir sobre el campo de los duelistas. Se repuso pronto y contraatacó con rabioso denuedo haciendo retroceder a mi esposo un buen trecho, pero la airada ceguera de sus golpes condujo a un segundo corte sobre su brazo izquierdo. Estuvo a punto de remate. No obstante, el destino ya está escrito y lo que ha de ocurrir, ocurre. Sea que en ese segundo Pedro haya pensado en las represalias del virrey o porque pensara en cómo se despeñarían sobre mí las consecuencias de aquel duelo, mi esposo se abstuvo de rematar a Francisco de Mendoza; de esta forma, su suerte y la mía quedaron selladas.

El sobrino del virrey se repuso de súbito y encajó un palmo de la hoja toledana de su espada en el muslo de Pedro. Desde ahí todo se precipitó como una repentina avalancha, una tormenta de rocas tronando mientras destruye el mundo a su paso.

Mi marido respondió con ardor furibundo. Los golpes de su acero estremecieron las dunas en las playas de Trujillo despertando a los espíritus de esta tierra y a los demonios de los españoles, pero perdía sangre a chorros y con ella se le iba la fuerza, menguándole la ira. Don Francisco de Mendoza supo aprovechar su ventaja y, en un segundo de descuido, le encajó la toledana en el vientre a mi Pedro.

Cesó el combate, los acompañantes de Pedro corrieron a socorrerle. Por su lado, los que andaban con Francisco se lo llevaron del campo de manera apresurada. La afrenta había cobrado su pago en sangre, pero era el ofendido quien dispendió lo demandado.

Mi esposo tardó varios días en morírseme. Jornadas oscuras que fueron como una continua noche en la que no cesé de llorar. Murió en mis brazos, ungido en mis lágrimas. Lo amé, le entregué todo mi ser y me lo quitó un hombre pequeño, un dios mezquino. Guardé su luto como debió hacerse y de haber conocido en ese entonces lo que para mi propia vida significaría su muerte, habría guardado luto para mí misma también.

Los espíritus de la selva...

EL PUÑAL IMPACIENTE, ¿lo ves como tiembla en medio del calor de la noche? No lo calienta la mano que lo empuña, ni el vaho ansioso que escapa de ese cuerpo que avanza despacio entre los murmullos de la jungla, lo calienta su sed de sangre, sed de sangre de mujer.

El asesino, Antón Llamoso, está inquieto y piensa: «Soy una serpiente deslizándome entre las hojas podridas que cubren el suelo de este reino inmenso y terrible, llevo la ponzoña del infierno en mi vientre. Este metal frío, esta hoja que desconoce la misericordia, es la llave del purgatorio y del infierno. Yo sigo la voz del Príncipe de la Libertad, Aguirre. Él desea que corra la sangre y yo voy a cumplir su mandato, soy su siervo y ejecuto su voluntad. Él me llama: Antón, haz esto, y yo lo hago; Antón Llamoso, ve y degüella a la bruja, y yo le tajo el pescuezo a la puta. Él ordena, yo cumplo. Lo seguí desde más allá de la gran mar océano, más lejos aún de aquel puerto rancio y bullicioso desde el que partimos hacia este nuevo mundo, desde más allá de los montes y los valles, le he seguido fiel desde nuestra natal Oñate, desde Euskadi, desde el frío de nuestra tierra. Decidí seguirlo porque él es el único hombre capaz de doblegarme, solo él es más fiero y maldito que yo».

¿Reconoces a ese otro, Inés? Es Aguirre, el cojo, el traidor; que no duerme, vela. Sentado en la oscuridad del bohío, espera el grito que anunciará el final de la angustia. Está ansioso, su corazón, agitado. Es como si el puñal no corriera hacia ti sino hacia él, como si la muerte, sinuosa, envuelta en sus vapores de hielo y olvido, flotara buscándolo a él en lugar de avanzar en pos de ti... hermosa víctima. Pero, también está el maldito dolor, además de la ansiedad, comiéndole las entrañas, lo invisible, las débiles paredes del alma. Te voy a decir algo: ¡Aguirre ama a la mujer que ha mandado a degollar! Por eso la desazón, la inquietud, la tristeza... el hierro candente que le perfora las tripas.

Aguirre tiembla, aunque nunca le ha temblado la mano cuando debe actuar para preservar su vida y la de sus hombres, sus fieles marañones, pero tú lo haces estremecer. En su mente, los pensamientos se enredan como lo hacen las anacondas cuando se aparean: esa mujer es veneno, las muertes y las traiciones no van a parar si ella sigue viva... ¿pero, se detendrán si ella muere?

Él sabe que podría tomarte por la fuerza, hacerte su concubina y preñarte para que el vástago de sus violencias te apacigüe y te congele las ganas de vengarte. Pero, si se acuesta contigo, va a estar durmiendo con el mismo Belcebú. Aguirre sabe que tendría que permanecer alerta, listo para ser atravesado por la daga de la sedición en cualquier instante: muchos años después, quizá, en una tarde calurosa de verano, mientras esté tomando el fresco en el corredor de la casa, una mano lo asirá por los cabellos, tirará hacia atrás con violencia y le partirá el cogote con el filo cómplice de un cuchillo de cocina. La sangre, su propia sangre, le bañará el pecho, se le fugará con la vida y, al final, antes de que las sombras lo cubran, verá su rostro —el de tu belleza que mata, que vuelve locos a los hombres que te ven, una cara que es el espejo del Cuzco: gélido y lejano—, viéndolo sin asomo de lágrimas ni dolores de amor, ajeno a las despedidas patéticas de los amantes desahuciados, fría como el metal que ha partido la carne.

La mujer más bella del Perú, la que mata a los hombres, también te ha trastornado, Lope, perro viejo. ¡Lope de Aguirre, aún estás a tiempo! ¡No te niegues a ti mismo la redención del amor! ¡Necesitarás una mujer que te brinde reposo y placer en medio de tus fatigas por conquistar el reino del sur! —Los pensamientos siguen enfrascados en violentas contorsiones de serpientes airadas, dentro de los infinitos laberintos de la mente de Lope de Aguirre.

¿Ves lo que nosotros vemos, Inés? Aguirre no se mueve, su voluntad no será doblegada ni por él mismo. La ira del dios de los capacochas no puede ser contenida, el relámpago no regresa al lugar de donde salió, la orden ya está dada.

Mientras tanto, la mujer de belleza trastornadora, la que tú misma eras cuando vivías, tampoco duerme. Pero no sientes temor; velas sin angustia, solamente esperas. Tus puños se crispan hasta que los nudillos adquieren la blanca palidez de la muerte, atenazando con fuerza el puñal que escondes entre los pliegues de tu falda.

Entonces, viene el impulso y te levantas. Cruzas el umbral estrecho del bohío y te dejas tragar por las tinieblas.

Mitaya Uitima, aya de Inés, cuyo cuerpo es ahora polvo…

EL TIEMPO ESTÁ LLEGNDO A SU FIN, los espíritus de los incas ya no susurran, están mudos, los capacochas los han desafiado y los han vencido, este es el principio de un nuevo mundo cuya historia se escribirá con sangre… sangre que no coagulará… que correrá sin parar por los siglos de los siglos.

Vi la grandeza de los incas, la soberbia de los diablos blancos, y la angustiosa fatalidad en el fruto de ambos colosos.

Inés, mi niña, yo, tu Mitaya Uitima, te he servido tanto como serví a tu madre y seguiría sirviendo a tus hijos y a los hijos de tus hijos, pero el tiempo se acabó. Estamos en el parto de otra historia, de otro universo; ya no hay lugar para nosotras. Somos la placenta de esta criatura que está por nacer y cuando llegue el alumbramiento seremos desechadas, hechas a un lado para dar paso a la vida que surge.

Están mudos los incas. La serpiente se acerca.

No, mi niña, no apartes la mirada, la historia apenas comienza y deberás bebértela toda con los ojos, para que no olvides, para que el tiempo no te consuma. No, no cierres tus ojitos, mi bien, aunque la serpiente te asuste, aunque su colmillo de metal helado te busque en los laberintos de la noche.

Mira primero, recuerda. Luego, cuentas tu historia, todas las historias que confluyeron en este río de sangre y muerte.

Chestan Xefcuin, quien en vida fuera madre de Inés...

FUI HASTA LO ALTO... MUY ALTO, tanto que podía hacerles cosquillas a las nubes; lejos... muy lejos, allá, al ombligo del imperio. Antes que tú nacieras, hija mía, Inés, fui llevada hasta la ciudad a la que llaman Cuzco, la ciudad de piedra, donde está el techo del mundo. El Inca, Huayna Capac, mandó por mí para que hiciera hombre al príncipe Huáscar. Quería que le despertara la virilidad haciéndolo probar las mieles de mi vientre. Que convirtiera al niño-dios en hombre-guerrero, amamantándolo con la leche del placer, volviendo promesas de incendio sus gemidos de placer y sus incontenibles palpitaciones.

Allá, en ese lugar de piedras y frío, dejaron de llamarme por mi nombre, tan solo me decían ñusta, doncella del emperador, escogida entre las más bellas en todo el Tahuantinsuyo, con el único fin de convertir en granito el eje palpitante del futuro Inca, de levantarle el espíritu de guerrero, de despertarle el aguijón que vuelve invencibles a los amos del mundo. Ñusta hermosa, hembra caliente, doncella preparada para alentar la bravura de aquel que reinaría sobre nosotros, sobre cada villa y cada persona de este imperio que toca los extremos de la tierra, desde los mares agitados que lamen con su lengua salada el eterno desierto de la costa, hasta la tupida selva en donde la civilización termina y comienza la oscuridad eterna y el vaho de la gran serpiente que repta entre aquella espesura que nunca acaba.

Mi padre era un pescador, en el ayllu de Lambayeque. A él fue quien el Pachaca Curaca, el jefe del ayllu, le dio la orden que traía, de parte del Inca, la vieja a la que llaman Mitaya Uitima. Ella le había dicho que los espíritus de los emperadores muertos la habían guiado hasta nuestra aldea, a orillas del mar, a fin de encontrar a la mujer más bella del Tahuantinsuyo. La vieja también aseguró saber mi nombre, Chestan Xefcuin. Eso fue lo que le dijo el Pachaca Curaca a mi padre.

El cuento que les contó Uitima fue este: los espíritus de los emperadores incas me habían visto bailar en las fiestas de Intiraimi. Se alborotaron al ritmo de mis caderas en el Airiway, deseaban que sus espectros errantes volvieran a cubrirse de carne para violarme ahí mismo, en plena plaza, cuando bailé con furibundo ímpetu en la celebración de Chupinaca, al son batiente de los tin-ya y de los cascabeles de caracol. Los incas muertos se revolvieron, se agitaron, los atraje desde sus mansiones en el otro mundo, temblorosos, excitados, con sus vergas enhiestas, palpitantes por mí, por eso no habían dejado en paz a Uitima, ni de día, ni de noche. Le hurgaban la panza, le hacían cosquillas, le halaban los pelos, hasta que un día la hicieron urgirle al Inca que ya era hora de ir por las ñustas del joven príncipe Huáscar.

Cuando sus enviados llegaron por mí, el rostro de mi padre no reveló ninguna emoción, le ordenó a mi madre que me preparara algo para el viaje y, sin más, nos dio la espalda y continuó con su trabajo.

Así fue como yo, mi querida hija, Inés de Atienza, fui llamada por el gran Inca para subir hasta la cima del mundo, para conquistar con mi vientre flamígero al heredero del Señor de la Tierra, para subyugar con mis llamas al dueño de aquella ciudad ubicada en ese reino del frío al que, desde el día en que me obligaron a dejar Lambayeque, odié con todo el fuego de mis entrañas.

Los espíritus de los incas...

VOLVAMOS ATRÁS, CHOLITA BELLA, pero no a tu niñez. En ese tiempo eras demasiado inocente como para provocar al destino, vamos al tiempo en que tu cuerpo ya trastornaba a los hombres. Porque, digas lo que digas en tu defensa, tú fuiste causante de más de una tragedia por las pasiones que despertabas con el más leve aleteo de tus pestañas. Apenas brotaron tus pechos y se hizo más visible la curva de tus caderas, los hombres se comenzaron a matar por ti.

El bachiller Pedro Carrasco se desnucó al caer del tapial desde el cual planeaba espiarte mientras te bañabas en todo el esplendor de tu desnudez. El capitán Luis Gonzaga se abrió las venas de puro despecho ante tu indiferencia. El cura Fernando Fernán Espinosa se colgó de una viga doblegado por el insoportable cargo de dos pasiones, la que sentía por Dios y la que le despertaste tú en su bajo vientre aquella mañana en la que le mostraste el escote al arrodillarte para la comunión: «corpus cristi, corpus venerius, amén».

Pero, en todo ese tiempo tu inocencia se mantuvo, a pesar del embate de los conquistadores conquistados, tu corazón no se anegó en la malicia y ni al desposarte le abriste una rendija a la concupiscencia. No, fue después, cuando ya te creías envuelta en perfume de santidad, ¿recuerdas, cholita? Y si no te acuerdas, míralo, tienes que verlo, esto se trata de no olvidar...

Tu marido se muere, Inés de Atienza, pero no es su muerte la que te desvela. Tampoco te quita el sueño tu porvenir porque don Pedro de Arcos, caballero de buena fama y amigo cercano del virrey, te deja buena hacienda: la mitad del valle de Chiacama, tres molinos que se alimentan de vastos trigales en donde siempre se han dado excelentes cosechas. También te ha de quedar un productivo alambique en sus sembradíos de caña. Por eso, lo que te quita el sueño nada tiene que ver con tus deberes conyugales; a nosotros, los espíritus de los señores incas, no nos vas a engañar, sabemos bien que es de tu vientre y no de tu corazón, de donde viene el desasosiego.

Desde que probaste que la hembra puede gozar el endiablado batir de las carnes tanto como el macho, desde que el vapor de tu resuello se enredó con los suspiros de ese hombre que te hizo dejar de pensar en el sexo como un deber fastidioso y lo tornó en un vicio insaciable, desde entonces, Inés de Atienza, no piensas en otra cosa sino en el caballero Francisco de Mendoza, sobrino favorito del virrey Andrés Hurtado de Mendoza, marqués de Cañete. Tus ideas son tan solo para él desde que llegó bizarro y muy buen mozo a Trujillo, envuelto en la bulla de los carnavales y la disoluta alegría de las fiestas a nuestros dioses, a las que estos capacochas han disfrazado de ferias para sus santos.

La cálida y perturbadora estela que dejabas a tu paso envolvió a Francisco, al igual que a todos los demás varones de Trujillo. Poco importaba que tu mirada se refugiara con decencia en el empedrado del camino o que cubrieras con varias libras de tela y encaje las apretadas redondeces de tu cuerpo, pues estas criaturas que se llaman hombres están dotadas de un sentido más agudo que la vista, un poder al que llaman imaginación, que traspasa cada pliegue de tus vestidos y te deja desnudita, a merced de sus lascivias. Eres más bella que tu madre. Ella volvía locos a los hombres... tú, los matas.

El galante caballero de Mendoza, tan buen militar como seductor, dedujo que la mejor forma de conquistarte era atacando de frente el campo contrario, asaltando sus bastiones con arcabuzazos de atrevimiento y cañonazos de dulzura. Con esta idea, se dio a la tarea de perturbar tus oraciones con sugerencias escandalosas durante la misa, quitándote la paz con frases incandescentes susurradas al oído enfrente de tu marido. Un buen día, entre los pliegues de una cortina, en plena comida en casa del obispo, te apretó un pecho y besó tu cuello que revoloteaba como paloma a causa del frenético palpitar de tu corazón. Aquel beso, robo impúdico, trasgresión forjada en el crisol del infierno, hizo que una humedad desconocida descendiera por tu vientre y te mojara todas las partes pudendas. Lo abofeteaste, escupiste su rostro, le diste la espalda, pero la humedad siguió allí, fluyendo entre los pliegues de tus labios vaginales, mordiéndote los muslos, ablandándote las carnes, urgiendo a tu alma hacia el abandono del pecado.

No importa cuántas veces jures que evadías sus avances, que pusiste al tanto a tu esposo del acecho del sobrino del virrey, no creas que no nos dimos cuenta de que, al final de largas jornadas de asedio, ese joven caballero logró su propósito. ¿Recuerdas, cholita? Una noche en que tu esposo dejó al descuido el lecho conyugal, trocándolo por su trigo y sus cañas, Mitaya Uitima conspiró junto con tu carne débil y trémula para entregar la plaza que don Pedro había descuidado. Pronto cedió el bastión ante el atrevido maese de campo don Francisco de Mendoza quien, al hallar abiertas las ventanas de la fortaleza, penetró en ella con toda la violencia y el estropicio de la pasión.

Al son del trueno y del inclemente batir de la tormenta, el audaz Mendoza te sacudió hasta los cimientos. Clarito te pudimos ver cómo gozabas, Inés de Atienza, aunque al principio, tu desilusión fue notable, cuando el anhelo contenido traicionó a tu caballero reduciéndole a escasos minutos el primer embate. Pero Francisco, en el vigor de su juventud y alentado por ese deseo que galopaba sobre relámpagos, reorganizó sus tropas y, con el ariete tieso, avanzó hasta el fondo de tu alma arrancándote gemidos de gata, no una, sino tantas veces que perdiste la cuenta y temiste que te hiciera perder la razón, como en efecto lo hizo.

No lo niegues.

Cuatro asaltos del bravo conquistador rindieron tu corazón, cuatro asaltos certeros derribaron tus murallas y te hicieron capitular al hechizo del placer. Bastaron unas breves horas entre las doce y el alba para que el atrevido caballero te mudara el alma y te hurtara la paz. Pasó como un suspiro en la vastedad de los tiempos, pero eso fue suficiente para que la mujer más bella del Perú, aquella por quien el mestizo Felipe Salcamoya se clavó una puñalada en el pecho, la que hizo que el poblado de Trujillo se estremeciera a su paso, la mujer que asaltaba los sueños de todos, Inés la hermosa, la hembra más bella de todo el Perú, quedó a merced de un conquistador quien, a la vez, rindió sus armas ante aquella a quien él había conquistado.

Si bien tu ansiedad no vino del descubrimiento del jardín de las delicias, no querida Inés, nosotros lo sabemos bien, porque no solo pudimos ver tus fornicaciones, vimos también tu alma, conocemos sus cuitas y sus desvelos. Mitaya Uitima ya te había entrenado bien. Gracias a sus fábulas obscenas de príncipes incestuosos que con descomunales falos desvirgaban a incautas ñustas, tenías una clara noción de los gozos y retozos de la pasión. Así que el arrebato de don Francisco no te cogió desprevenida, sino anhelante por conocer en la práctica, lo que la sinvergüenza de tu criada te había enseñado en la teoría.

No, tu desasosiego no provenía del nuevo sabor que invadía tu paladar de mujer, tu inquietud venía de la insatisfacción, porque dejaste de ver a tu intrépido amante, a quien las filosas lenguas de Trujillo enviaron lejos de ti. Únicamente una noche tuvieron para explorarse la piel y las entrañas, solo una noche pudieron abandonarse a los traicioneros caprichos de la pasión, una noche, nada más cholita preciosa, porque apenas una semana después de tu propia conquista de un nuevo mundo, regresó tu marido, abrasado por las fiebres de los celos al enterarse de los ponzoñosos rumores que corrían doquier. Fue hasta entonces, arrinconada en tu propia cobardía, Inés, que recurriste a la taimada táctica de fingirte ofendida por la constante acechanza de Francisco de Mendoza. Lo demás se precipitó después, el desafío, el duelo y la mala hora para don Pedro, quien volvió envuelto en su propia sangre al lecho nupcial mancillado. Por eso no viste más a Francisco. El bizarro caballero jamás retomó el camino hacia el valle de Jauja, hacia su tierra prometida.

El escándalo del mortal duelo soltó la jauría de lenguas trujillanas, ansiosas por devorar, de paso, tus carnes y tu honra, Inés preciosa. Gota a gota, los comentarios aislados se unieron hasta formar una pequeña quebrada de murmullos; la quebrada se volvió un riachuelo de chismes; el riachuelo alimentó el caudaloso río de la murmuración y este río llegó hasta la mar, es decir, hasta los oídos del virrey, quien, sin reparos ni cortapisas, embarcó a su sobrino en el primer navío que zarpó hacia España, mandándoles al demonio su romance y tu conquista.

Mientras tu marido se desangraba, tú añorabas a tu paladín de inmaculada blancura y ensortijados rizos de fuego, de falo enarbolado con soberbia insolencia, anhelando que algún día volviera a cruzar la mar océano con su ariete invencible y nervudo, listo para volver a destrozar las puertas de tu vientre, mi cholita.

Recuerda que todo lo vemos, así que no nos vengas con el cuento de la honra mancillada y el río de sangre que la lavó, del duelo envuelto en las nieblas del amanecer y de la estocada mortal en el vientre de tu esposo. No hemos visto eso, no lo hemos visto, cholita.

Tú, solo tú, desbocaste el infierno, desataste las corrientes de lava que arrasaron con tu lecho nupcial, incendiaste el mundo que te rodeaba, Inés de Atienza, y todos los pecados se pagan, nadie sale incólume de las consecuencias que lo persiguen, así que no fuiste la excepción, cholita bella, niña de nuestros amores.

Dos puñales cortan la densa nube de vapor con la que se arropa la noche en la selva. Cada uno apunta en dirección contraria al otro. Aquel busca el cuello de acanelado terciopelo de la mujer más bella del Perú, Inés de Atienza; el otro, en mano de la propia Inés, busca la yugular cubierta de entrecana barba del traidor, Lope de Aguirre.

En un macabro juego a las escondidas, se confunden el asesino y la víctima. ¿Quién es la presa, quién el cazador?

Inés sabía que su destino estaba sellado desde que Aguirre asesinó a su amado Pedro de Ursúa, pero no se rindió. Usó cuanta arma Dios le concedió a la mujer para sobrevivir y sobrevivió; más que eso, con infinita paciencia tejió los hilos de la red que esta noche caerá sobre el malnacido Lope de Aguirre y sus secuaces.

Sí, la sangre correrá, espesa y negra, correrá por chorros, correrá hasta alcanzar el río Marañón y teñirlo de rojo. Pedro será vengado, porque lo que Aguirre no sabía, lo que no pudo prever, es que una mujer herida es la puerta al infierno, el pasaje a las torturas eternas del averno.

Inés aún tiene las llagas abiertas, su corazón aún gime y no importa con quién haya tenido que acostarse para sobrevivir hasta ese día de la ira y la venganza. Su amado Pedro aún yace desnudo bajo tierra y como que hay un infierno que nos espera con sus fauces abiertas, esta noche ella hará pagar cara cada gota de sangre que le hicieron derramar.

La trama está urdida, Aguirre no espera la traición que le aguarda. Se siente seguro, cree que su sicario llegará a ella en cualquier momento, pero no sabe que ya todo está a punto para convertirlo a él en la presa y a ella en la cazadora, luego, antes que se asiente la sangre en el cenagoso fondo del Marañón, también caerán los otros, los que por omisión y cobardía dejaron impune la muerte de Pedro de Ursúa.

II
EL REINO EN DONDE NUNCA SE PONE EL SOL

Y uno cree que puede creer,
y tener todo el poder,
y de repente, no tienes nada.

Alfonso Hernández Estrada
Afuera - Caifanes

Los espíritus del Amazonas...

LA FIEBRE DEL ORO SE COME por dentro las almas de los capacochas. En buena parte, eso fue lo que movió a la mayoría de los que acuchillaron a tu amado Pedro de Ursúa, cholita linda, a casi todos, pero no a ese taimado de Lope de Aguirre, su codicia va más allá del metal amarillo. El vicio que lo domina no es el deseo por las riquezas, pero igual que este, corroe a los hombres, a todos por igual, capacochas, incas, no hay uno que no desee el poder.

Cada quien tiene sus justificaciones. Unos lo reclaman por derecho divino; otros, en nombre de la libertad, incluso hay quienes dicen anhelar el poder en nombre del amor. Aguirre es de los que dice ansiarlo para ser libre.

Pero, ¿quieres saber algo, Inés? Todo eso es mentira. Todos deseamos el poder porque somos egoístas. No solo lo desean los hombres, los que traman la guerra y la conquista, también lo persiguen las mujeres. Incluso tú, quien más por sobrevivencia lo deseabas para saciar tu venganza. Pero nadie se atreve a reconocerlo, ¿ves?

Lo irónico es que aquí, donde estamos, en este mundo frío, bajo el mundo del sol, ya no se añora, porque no tiene ningún uso en este lugar.

El oro alimenta el sueño de poder. Por el deseo del poder y por el oro que lo alimenta se originó tu desventura en el Amazonas. Fue mucho antes de que tuvieras tu primer encuentro con tu amante de cabellos rojos.

Trescientos nativos brasiles salieron de la selva y, por primera vez, contaron a los capacochas sus fábulas en la plaza de Chachapoyas. Míralos:

—Salieron doce mil indios de la costa de Brasil, de aquellos solo quedan estos trescientos —traduce aquel misionero enjuto y triste que está allá, ¿lo ves? El que parece cargar toda la fatiga del mundo bajo las enormes bolsas que cuelgan de sus ojos.

—¡Válgame Dios! —dice el capitán Arturo de Ojeda, el gordo que está frente al fraile y el indio; luego añade—: pregúnteles qué pasó.

El intérprete no quiere seguir preguntando más, se le nota que le disgustan los indios. Sin embargo, hace caso. Se vuelve hacia el hombre que lidera a la muchedumbre desolada y le pregunta lo que Ojeda le ha ordenado. El líder le responde en un idioma que no es el mismo de los brasiles, pero que tiene muchas similitudes.

—Dicen que salieron de allá siguiendo a dos hombres blancos, uno de ellos parece que se llamaba Mateo —dice el misionero—. Buscaban huir de la hambruna, una tierra mejor que la suya, aunque yo creo que su propósito era hartarse de carne humana, que mucho les apetece a estos bárbaros.

—Guárdese su merced los comentarios y siga con el relato —lo regaña el capitán mientras echa otra ojeada a esa multitud cadavérica congregada en la plaza de Chachapoyas. Luego le ordena al cura—: pregúntele por los hombres que los guiaban, los españoles.

El intérprete prosigue, dejando ver que está de malhumor. Suelta un par de insultos en castellano hacia los brasiles. El capitán prefiere pasarlo por alto.

El líder de los brasiles responde, habla apresurado. Mientras lo hace, escupe al suelo de continuo. Ojeda lo mira con detenimiento, trata de adivinar cuál es el significado de sus gestos.

—Dice que los dos hombres blancos murieron —traduce el clérigo—. A uno se lo llevaron las fiebres y al otro, al tal Mateo, lo desgració una flecha enemiga que le atravesó el cuello. Que Dios haya tenido misericordia de ellos —dice persignándose—. Este es el cacique, se llama Viarazu, insiste en que le urge hablar con el virrey para darle relación de su jornada por el río Amazonas.

—¿Quiere hablar con el virrey? —pregunta con incredulidad y burla el capitán Ojeda—. ¡Me cago en la leche! ¿Y se puede saber qué tan importante noticia tiene para Su Excelencia?

Ahora, fíjate bien, Inés. Mira cómo el fastidio que se refleja en el rostro del misionero, cuando le hace la pregunta a Viarazu, se convierte en un gesto de asombro a medida que este le responde. Mira cómo se acentúa ese leve tono carmín que ilumina las pálidas mejillas del traductor. El cambio en la cara del clérigo captura la mirada vigilante de Ojeda, ¿lo ves?

—¿Qué le ha dicho? ¿Por qué está tan callado? —El capitán está impaciente ante el silencio del intérprete.

—...

—Traduzca de una vez, hombre, prosiga —la voz de Ojeda denota la curiosidad que le come el pecho.

—Habla de un reino llamado Omagua —dice, al fin, con palabras entrecortadas el misionero—, dominado por el príncipe Quarica. Está a no muchas jornadas, río abajo —balbucea el clérigo. Con el asombro regado sobre su rostro toma aire antes de seguir con la traducción—. Dice que este príncipe es mil veces más rico que Atahualpa, que se baña en polvo de oro todas las mañanas, que en su ciudad usan piedras preciosas para decorar las calles… y que los tesoros de Omagua hacen palidecer a los del Perú.

El ánima de uno que fue soldado de Ursúa en Panamá...

YA CONOCES A ESE QUE VIENE a todo galope, Inés, es García de Arce, el escudero leal de tu galante caballero. Fiel a su joven señor, lo ha acompañado hasta las selvas de Panamá para cumplir una peligrosa misión.

—¡La comitiva de Bayamo se acerca! —dice García de Arce jadeando y sin apearse de su montura.

Y he aquí a tu príncipe azul, Pedro de Ursúa, el mismo que sale de aquel bohío, a medio vestir, agitado y con los cabellos flameando como lenguas de fuego. Tras él sale, apresurada y desnuda, tratando de cubrirse con un colorido manto, Anayancy, la joven de la tribu Cre que desde Darién acompaña al capitán Ursúa. No te me pongas celosa, mi cholita, es hombre y antes de encontrarse contigo ya tenía su pasado.

—¡Servid las viandas! —ordena el capitán— ¡Vestid la mesa con gala digna de un rey! ¡García, preparad a la tropa para brindarle un recibimiento de honor a Bayamo!

El campamento se envuelve en una frenética agitación mientras la tropa se alista y los sirvientes preparan el banquete para recibir al rey de los cimarrones, Bayamo I.

Los hombres cumplen las órdenes aún sin entender los propósitos de su capitán. Durante dos años, Ursúa y sus doscientos soldados han atravesado las selvas panameñas en busca de los rebeldes cimarrones de Bayamo. Los negros fugitivos aterrorizaban la región y causaban innumerables daños a los colonos españoles. La tropa de Ursúa logró capturar a uno de los bandidos y, tras torturarlo, lo hicieron revelar el paradero de Bayamo y su gente, luego lo colgaron y se metieron en la selva para llegar a la guarida de los fugitivos. Los soldados se habían dispuesto a la lucha, pero contrario a lo que esperaban, al llegar al lugar del encuentro, su capitán envió embajadores con ricos presentes para el rey de los amotinados.

Las negociaciones tardaron días en los cuales, con astuta diplomacia y generosas lisonjas, Ursúa convenció a Bayamo de su interés en lograr una tregua con los renegados. Le explicó al soberano de los esclavos que aquel enfrentamiento ya se había vuelto demasiado extenso, que una guerra entre ambos los debilitaría demasiado y pondría en peligro los intereses de la corona española en Panamá, por lo que traía órdenes del virrey de pactar un armisticio con los negros, reconocerles su libertad y negociar el otorgamiento de un territorio soberano en donde pudieran establecer su comunidad a cambio de que ellos se volvieran sus aliados. Bayamo recibió la propuesta con aprehensión, sin embargo, los constantes y ricos obsequios que Ursúa le envió, así como la presencia de García de Arce entre los embajadores del capitán, terminaron por convencer al rey negro.

Ursúa le ofreció un banquete en muestra de su buena voluntad, y permitió que una avanzada de los guerreros de Bayamo inspeccionara el campamento para verificar que el capitán había despachado a la mayor parte de su ejército. Fue así como llegamos a este momento, la culminación de los esfuerzos de don Pedro para atraer a los fugitivos y cambiar la situación de zozobra en que vivía aquella provincia.

Pero, volvamos, mira.

Mientras Ursúa termina de disponer los últimos preparativos para el festejo, Anayancy se aproxima a él y le susurra al oído:

—El vino está listo, capitán.

—Sírveme a mí la primera copa cuando te lo indique —le dice Ursúa con una mirada fría y decidida. Anayancy lo queda viendo con el temor ensombreciéndole el rostro.

Cuando aparece la comitiva de Bayamo, el capitán sube a su montura y con mucha dignidad e hidalguía llega hasta el rey negro, quien va montado en una cabalgadura obsequiada por el mismo Pedro de Ursúa. El oficial saluda con naturalidad al esclavo entronizado evitando todo tipo de efusividad y lo invita a que lo acompañe al lugar donde se celebrará el banquete. Bayamo ocupa el puesto principal, a su lado se sientan el capitán y García de Arce. Juntos elevan una oración de agradecimiento a Dios por la nueva paz, articulan palabras de reconciliación entre ambos bandos y promesas de mejores tiempos por venir.

Una vez terminados los discursos se comienza a servir el vino. Anayancy misma llena las copas de Ursúa, Bayamo y García de Arce.

—Es bonita tu india, capitán —le dice Bayamo a don Pedro, quien no pasa por alto la mirada insolente que su huésped le lanza a Anayancy.

—Es hija de un cacique cre —responde Ursúa sin evidencia de emoción alguna.

El rey negro alza su cáliz para brindar, pero antes de llevársela a los labios, un bochornoso segundo de inmovilidad se cuaja en el ambiente. Ursúa comprende, el cimarrón teme ser envenenado, así que el capitán, como sello de buena voluntad, intercambia su copa con la de su invitado y bebe un trago largo de vino. La risa y la alegría no se hacen esperar y llenan aquel claro de la selva en donde se celebra la comida. Solo los dos guardaespaldas de Bayamo, dos gigantes de ébano, se mantienen ajenos a la algarabía.

Conforme avanza la noche y a medida que el efecto del vino se apodera de los comensales, la camaradería se vuelve más calurosa entre ambos bandos. Comen y beben, con la ansiedad de quien acaba de escapar de las garras de la muerte, hasta que el vino se acaba.

—¿Usía se habrá quedado sin vino? —pregunta Bayamo medio borracho.

—No me afrente vuesa merced. ¿Cómo puede creer semejante falta de previsión ante un evento tan importante? —Dice el capitán. Llama a Anayancy poniéndose en pie, tambaleante a causa de la bebida—: ¡Haced que traigan el otro vino!

A todos se les sirve más licor. Pero antes de que le sirvan su copa, Bayamo observa a Ursúa directo a los ojos y le dice con voz grave y pesada:

—Capitán, este es el inicio de una alianza que significará enormes riquezas para todos.

—No lo dudo, señoría, y brindo por eso —le responde Ursúa, se vuelve hacia Anayancy y da la orden—: puedes servir.

La joven indígena obedece sirviendo primero a Ursúa y luego a Bayamo quien no deja de observarla.

—Intercambiemos de nuevo nuestras copas en señal de esta hermandad que hoy forjamos —pide el cimarrón con un brillo de astucia en los ojos.

Pedro de Ursúa calla por un instante. Su lugarteniente, García de Arce lo mira con alarma, pero antes de que Bayamo note la reacción de García, el capitán sonríe con calidez y toma la copa del rey, a la vez que le extiende la suya.

—Por nuestra hermandad —brinda Ursúa.

—Que sea eterna —responde Bayamo.

Ante la mirada azorada de García de Arce, su capitán bebe hasta el fondo de la copa y se mantiene sonriente viendo a Bayamo quien, tras escudriñar el rostro de don Pedro, se bebe su propio cáliz de un trago.

Bayamo apenas alza el grial cuando un alarido acuchilla la noche y luego una avalancha de gritos se precipita sobre el campamento. García de Arce se pone en pie y antes de que los guardaespaldas de Bayamo puedan reaccionar, decapita al más próximo de un solo tajo. En ese mismo instante, Ursúa se lleva las manos al estómago y cae de lado, junto a su silla, exclamando un grito de dolor.

—¡Anayancy! ¡Anayancy! —Grita García de Arce— ¡El antídoto, Anayancy, el contraveneno!

El segundo guardia de Bayamo se ha recuperado del estupor y se abalanza, puñal en mano, contra Ursúa, cuando García de Arce lo detiene con un tajo de espada sobre los lomos.

El banquete se convierte en una masacre. Los soldados de Ursúa degüellan y destazan a los cimarrones indefensos por el efecto del veneno que les han puesto en el vino. Bayamo está inmóvil, viendo con incredulidad cómo matan a sus hombres, en el momento en que dos soldados españoles se le echan encima para acuchillarlo.

—¡Alto! —Les ordenó García de Arce y añadió: — el capitán lo quiere vivo.

Anayancy corre con una copa al lado de Ursúa que se estremece entre vómitos y gritos. García de Arce le ayuda a contener al capitán para que ella le administre el antídoto.

Después de una hora, Ursúa aún se contorsiona en medio de quejidos y espumarajos hasta que, por fin, se van calmando los estertores provocados por el veneno y puede articular algunas palabras.

—¿Bayamo? —Es lo primero que dice.

—Está vivo y a vuestra disposición, todo salió como lo planeasteis, señor —le responde García de Arce.

El capitán Pedro de Ursúa sonríe y se hunde en las tinieblas.

Las ánimas de los que perecieron en Chuquinga...

EN CHUQUINGA SE PROBÓ el acero de las espadas, la puntería de los arcabuceros, la bravura de los realistas comandados por el mariscal Alonso de Alvarado y el coraje de los sublevados de Francisco Hernández Girón. La inexpugnable ciudadela estaba en la región de los aimaraes, cerca del poblado de Challuanca. Los aucarunas, sabios en las artes y trampas de la guerra, la habían edificado en tiempos ya olvidados, erguida en altivo desafío a los incas, corona de las elevadas peñas que surgen de las orillas del río Abancay.

Hasta allí llegó la turba de las tropas de Hernández Girón, bajo los pendones que proclamaban extrañas palabras en la retorcida escritura de los capacochas: ecten pauperes et saturabuntur. Alguien nos dijo que esas palabras prometían abundancia a los pobres, justicia a los afrentados, libertad a los esclavos y honesto gobierno sobre todas las tierras del Perú. Palabras que ya habíamos oído tantas veces, palabras que van empedrando la ruta hacia el poder, palabras que seguiremos escuchando... por los siglos de los siglos.

Desde aquella invencible atalaya, más de quinientos hombres entre artilleros, caballeros, piqueros y arcabuceros, se prepararon para hacerle frente a la tropa que el mariscal Alvarado había reclutado entre leales a la corona, bandoleros, asesinos, rebeldes y todo tipo de prófugos de la justicia. Todos, al oír sobre la amnistía disponible para aquellos que se uniesen al ejército realista, abandonaron selvas y cuevas para enlistarse con el mariscal y hacerle frente a la rebelión de Hernández.

¿Adivina quién estaba entre ellos? Pues ni más, ni menos, que el asesino de tu amado don Pedro de Ursúa, Lope de Aguirre, por aquel entonces uno de los más notorios prófugos del reino.

Míralo en medio de aquella hueste de patíbulo que logró trocar el garrote vil por una oportunidad de perdón. Es irónico que el mismo Alvarado había jurado dar con él para descuartizarlo vivo por el asesinato del regidor Francisco Esquivel. Aguirre también era buscado por su complicidad en la muerte del general Pedro de Hinojosa y por acompañar al traidor Sebastián de Castilla en su atrevimiento de querer hacerse de la corona del Perú. Pero, Alonso de Alvarado tuvo que tragarse toda su ibérica rabia junto con su bulto de juramentos de desagravio, pues sabía que necesitaba una gran cantidad de hombres para hacerle frente a la pericia militar de Hernández Girón, sobre todo, después de la sonada victoria del conjurado sobre las tropas del general Pablo Meneses, en Villacuri, en donde con menos hombres y caballos que su enemigo, el rebelde puso en fuga deshonrosa a la tropa realista.

Así, reclutado entre criminales, sumado a la leva de notables homicidas, Lope de Aguirre, conquistador venido a menos y hacendado sin hacienda, marchó con su arcabuz, su armadura y su desilusión, a través de una estrecha garganta de granito, con otros ciento cincuenta arcabuceros comandados por el capitán Juan Ramón, a sabiendas de que más allá, tras el peligroso paso de las quebradas, los esperaba la muerte, pues el mariscal Alvarado aún no había olvidado su juramento y al no poder deshacerle el gaznate con el garrote vil, haría que los arcabuces del traidor Hernández Girón hicieran justicia sobre Aguirre y el resto de aquella carne de cañón enviada para ablandar la vanguardia enemiga.

Las órdenes de Alonso de Alvarado eran muestra clara de su desconocimiento sobre la condición real del ejército rival y de su soberbia al subestimar a Hernández Girón. El mariscal confiaba su victoria a la simple superioridad numérica que lo favorecía, por eso había mandado a Juan Ramón con sus ciento cincuenta arcabuceros, para amedrentar a los soldados de Hernández y conminarles a que se pasaran al lado del rey.

Aún brillaba la luna cuando los hombres de Juan Ramón se descolgaron por las laderas hasta llegar a las playas del río. El primero en caer fue el valiente, y también imprudente, Felipe Enríquez, quien se alzó para pronunciar sus últimas palabras.

—¡Viva el rey Felipe! ¡Muera el tirano Hernández! —Gritó antes de que una despiadada pelota de arcabuz le partiera la proclama, el pecho y los dieciocho años, a la vez que su cuerpo perforado salpicaba de sangre a Lope de Aguirre y a otros que estaban junto a él.

—¡Yo soy Mata! —Gritó el alférez Gonzalo de Mata, procurando animar a los realistas—. ¡Soy Mata el que mata!

—¡Y yo te mato! —Le respondieron del otro lado, con un pelotazo de plomo que le partió la cabeza como sandía madura.

Ahí comenzaron a lloverles disparos a los mal parapetados arcabuceros de Juan Ramón, quienes, a pesar de contar con excelentes tiradores, no causaron ni una baja en el bando rebelde. Cuando el comandante llamó a retirada, ya habían perdido a veinticinco hombres; unos, despedazados por los arcabuces; otros, malheridos y algunos más, ahogados en el río. Incluso, hubo un traidor que prefirió pasarse al bando de los conjurados.

El mariscal Alvarado sudaba demonios cuando la noticia de la desastrosa expedición llegó a sus oídos. Convocó a una junta urgente con sus oficiales esperando escuchar ideas para sacar a Hernández de su guarida, pero los generales le dijeron lo que él no quería escuchar: asaltar la fortaleza sería un suicidio. Hernández ocupaba una posición que le favorecía por completo ante un ataque. Aunque se enfrentase a una fuerza superior a la suya, cualquiera que se atreviese a realizar un asalto sobre Chuquinga iba a ser barrido por los rebeldes y eso podría causar la aniquilación del ejército realista.

Las palabras se hicieron veneno en la boca del mariscal. Humilló la hombría de sus oficiales y les reprochó su excesiva cautela diciendo que no era sino cobardía lo que los hacia esperar. Los generales se revolvieron, el hierro de los sables vibró queriéndose liberar de sus vainas para probar el sabor de la sangre, pero antes que la situación acabara en motín, el general Aldana, admirado y reconocido por todos, medió para recordarle al mariscal que la superioridad numérica era insuficiente ante una defensa portentosa como la de Chuquinga.

Alvarado guardó silencio. Aún molesto, observó a cada

uno de sus oficiales. En la mayoría de ellos se veía aprobación hacia las palabras del general Aldana. Vencido en todos sus argumentos, el mariscal consintió en esperar.

Ya habían transcurrido un par de horas desde el alba cuando terminó la conferencia. Aldana propuso ir con sus hombres por la ribera del río para hostigar al enemigo y tratar de convencer a los rebeldes de que se pasaran al campo del rey. Alvarado aceptó la propuesta a regañadientes, pero un poco antes del mediodía, cuando el sol comenzaba a hervirle los sesos al mariscal, dos soldados llevaron ante él a un desertor de las filas de Hernández. Las palabras del traidor inflamaron de nuevo los bríos marciales del caudillo cuando escuchó que en el campo rebelde todos estaban desanimados. Con fuego en la lengua, el mariscal ordenó que le llevaran peto y celada; tras ser atendido por sus escuderos, reunió a todos sus generales, ya no para hacer consejo, sino para notificarles que en breve saldrían todos a saludar a la muerte o a la victoria, pero fuere lo que fuese, por sus barbas juró que no iba a esperar un segundo más para darle su merecido al sublevado Hernández Girón. Hizo sonar la corneta y ordenó la marcha sin importarle un bledo el aviso de su mejor guerrero, el general Aldana, quien a dos leguas de distancia se mantenía ajeno a la imprudencia del mariscal.

Se formaron tres cuerpos para el choque principal. Alvarado ordenó al capitán Martín de Robles el ataque sobre el costado izquierdo de Hernández. A los arcabuceros de Juan Ramón, que aún se reponían de la escaramuza en la que perdieron veinticinco hombres, los mandó a escalar un accidentado cerro para caer sobre el ala derecha de los sublevados. Luego, dispuso que mil indios armados con palos, piedras y los puros cojones, se lanzaran a tomar la fortaleza desde su cara posterior. Por último, para coronar con gloria y bizarría la victoria que creía ya suya, el mariscal cruzaría el río al son de tambores y cornetas, bajo los orgullosos pendones del rey español, marchando a tajo, sangre y galope hasta el mismísimo Francisco Hernández Girón, para descabezarlo de un golpe.

Los encumbrados sueños del mariscal comenzaron a agrietarse más pronto que tarde cuando, en medio del estúpido alarde de una conquista que aún no era, Martín de Robles soltó a su jauría antes de la señal convenida, afanado por tocar la gloria que ya veía frente a sus narices. El capitán Robles corrió como poseído delante de sus hombres, gritando vivas al rey, al mariscal y a sí mismo, pero tuvo que volver sobre sus pasos, aullando blasfemias e imprecaciones cuando la lluvia de la artillería rebelde comenzó a despedazar a sus hombres, quienes tiñeron de púrpura las aguas del río con la sangre de sus heridas.

A la tropa de Juan Ramón no le fue mejor; tenían que escalar el peñasco bajo los implacables cañones de los arcabuces enemigos, sufriendo a la vez el filo de las crueles aristas de la roca y resbalando por el eterno lodo que las cubría.

Entre disparos e insultos, Lope de Aguirre, más ágil y diestro que los demás, fue el primero en conquistar la cumbre, pero la gloria solo le duró un suspiro. Al momento de incorporarse, sintió el fuego que le mordió la pierna, perdió el equilibrio y se despeñó por el barranco en donde la roca también le robó una buena porción de carne y sangre. Cayó sobre la playa y, allí, un manto misericordioso de oscuridad lo apartó de aquella matanza.

Los fantasmas de Lima observando al finado marqués de Cañete, virrey del Perú...

VEN, CHOLITA LINDA, VAMOS a ver los lugares en donde se fragua el destino de los vasallos, los salones en donde copulan el oro y el poder, los únicos amos verdaderos de toda esa chusma con la que se escribe, con tinta de sangre, la Historia. Vamos, ven, entremos al palacio de los virreyes en Lima, la capital castellana de este abigarrado reino del Perú. Mira cómo se fue tejiendo tu destino y el de tu amado difunto:

¿Que si creo en El Dorado? ¿Y por qué no? —El virrey y marqués de Cañete, Andrés Hurtado de Mendoza, hizo un esfuerzo sobrehumano para dibujar una sonrisa en medio de la dureza de su rostro—. Dicen que esto cae bien al corazón y bien que lo necesito para mis achaques —dijo mientras terminaba de servirse una copa de vino.

—Es un embuste —opinó su hijo, García, a la vez que tableteaba con insistencia sobre la superficie del escritorio.

—¿Lo del vino o lo de El Dorado? —intentó bromear el virrey a pesar del dolor de la reuma que le mordía los huesos.

—Ambos.

El representante de Su Majestad Felipe II, se apartó del gabinete y caminó hacia la ventana para contemplar los arreboles del atardecer sobre la ciudad de los reyes. No hizo ningún comentario, observó en silencio aquellas nubes que parecían carneros dándose topetazos en el cielo.

—¡Has comprometido quince mil pesos de tus propias arcas para financiar esa delirante empresa! —protestó García.

El marqués se volvió hacia su hijo y lo miró con desdén, tosió un par de veces y luego le contestó:

—Un día, Vasco Núñez de Balboa disputaba con uno de sus capitanes por la repartición de un pequeño botín, un cacique indio los miraba reñir. De repente, hastiado quizás por la fiereza con la que se peleaban el oro, se interpuso entre ambos calmándolos con la promesa de guiarlos hasta un país abundante en joyas y metales preciosos.

—No deberías fiarte de las mentiras de esos indios.

—No fue una mentira —dijo el virrey y tosió de nuevo—, el cacique los llevó hasta la Mar del Sur y desde allí, Francisco Pizarro, con tres pequeños buques, ciento noventa y cinco soldados y treinta y siete caballos, conquistó el imperio de los incas.

Al apagarse la voz del marqués, fue García quien dejó de tabletear el escritorio y se sumió en un largo silencio.

—Los sueños buscan hombres que los conquisten —dijo el virrey— y solamente los más audaces son capaces de materializar quimeras.

García comenzó a morderse las uñas, mientras agitaba su pie izquierdo.

—A ti no te importa que mengüe mi bolsa —le dijo el

virrey—, lo que te duele es que enflaquezca tu herencia. ¿Te sirvo un vaso de vino?

El hijo del marqués rehusó la oferta y se levantó de su silla.

—Voy a confiarte algo que únicamente he de compartir contigo —las palabras de don Andrés iban pintadas de un tono sombrío—; hice que vinieras desde Santiago de Chile por una razón muy delicada, tanto que no podía confiársela a ningún mensajero.

García dejó de agitar el pie y quedó un instante en suspenso aguardando a que su padre terminara la frase.

—He recibido noticias desde España: el rey prepara mi destitución.

Los ojos de García se clavaron sobre la esbelta figura de Su Excelencia.

—No hablas en serio.

—Felipe piensa designar a Diego de Acevedo para que ocupe el cargo —afirmó Hurtado de Mendoza.

—¿Cómo es posible que te hagan eso? Tú has cuidado con mucho celo los intereses de la corona.

—A la corona le parece que he sido celoso en demasía. Opinan que soy muy rígido en la administración de estas tierras —respondió con amargura el virrey—. Por supuesto, entiendes que eso también podría significar tu destitución de la gubernatura de Chile.

—¿Pero y yo qué tengo que ver en todo esto? —preguntó García, buscando un asiento en donde anclar su tembloroso cuerpo—. No he hecho más que someter revoltosos a la voluntad del rey.

—Los afrentaste, García, y eso jamás lo olvidarán.

El marqués de Cañete volvió de nuevo a la ventana y contempló otra vez las nubes. Deseó ser una de ellas para que el viento lo arrastrara lejos de aquella tierra que se le antojaba demasiado llena de fatalismos y cielos de plomo.

—Hijo, la gente que ha conquistado estas tierras nos ve como advenedizos que han venido a usurpar lo que ellos sometieron a punta de plomo y cojones. No son capaces de entender lo que significa una buena administración, por eso son rebeldes, montaraces, enemigos de todo orden y toda ley. Ellos quieren que los dejemos en paz para explotar estas provincias hasta hacerlas reventar. Esa, García, es la terrible realidad a la que nos enfrentamos.

—¿Y qué piensas hacer? —Preguntó el joven mientras iniciaba de nuevo el tableteo.

—¿Quieres dejar de hacer eso? —Regañó el virrey.

García hizo silencio, pero no dejó de agitar la pierna.

—Debemos comunicarnos con el emperador.

—Hijo, es demasiado tarde para eso.

—Pero seguro no te quedarás de brazos cruzados esperando —insistió García.

—Por supuesto que no. He dispuesto algunas provisiones para protegerme.

—¿Provisiones?

—García, tienes que entender que el poder no se sustenta en filosofías, ni en ideales. Sus cimientos son más tangibles, digamos, más materiales. La columna que sostiene el poder, hijo, es el oro; quien posea el oro, controla el gobierno y quien controle el gobierno tiene en sus manos el poder.

García observó al virrey en silencio, sin atreverse a confesarle que no entendía ni una palabra de lo que le decía.

—Déjame explicarte. Esta tierra es rica, inmensamente rica, pero no ha habido hasta ahora, una mano capaz de someter esa riqueza. Los conquistadores, audaces y valientes, si quieres llamarlos así, no tienen cerebro para la administración, son perros de guerra, bestias rapaces sin más ambición que acumular títulos y tesoros. Ellos no entienden la mecánica del poder —el virrey depositó la copa sobre el escritorio y tomó asiento—. Nosotros, aún mejor que ellos, conocemos la guerra, marchamos junto al rey Carlos en sus campañas y, como nobles, conocemos ese arte. Pero, tú y yo también hemos sido educados para gobernar. Con esto te quiero decir que sabemos hacer mejor uso de las riquezas que conquistamos, haciéndolas valer en el complejo mundo de la política. Es así como aumenta el poder.

—¿Qué estas insinuando? —murmuró García.

—Felipe II es emperador porque lleva el título de tal, pero somos nosotros los que custodiamos el oro que respalda su poder —un leve aroma de conspiración inundó la sala e hizo temblar a García Hurtado—. Hay una fuente inagotable de oro esperándonos en lo profundo de la selva...

—¡El Dorado, Omagua! —cortó el joven.

—Precisamente —dijo el virrey—. Quien posea el oro de Omagua, poseerá el poder y será, de hecho, el verdadero emperador de estas tierras.

—¿No pretenderás...?

—Estos son tiempos de decisiones, García. Por un lado, la desgracia cuelga como espada sobre nuestra familia, pero, por otra parte, tenemos al alcance de nuestras manos un vasto imperio.

—Deliras —murmuró el hijo del marqués.

Andrés Hurtado no respondió, se reclinó en la silla y estudió el rostro de García. Pensó en su otro hijo, muerto hacía mucho en la guerra y deseó, por un instante, que el difunto hubiese sido el que tenía frente a él.

—Cualquiera que hubiese apostado a Cortés o a Pizarro habría sido tomado por un lunático —dijo el virrey—; sin embargo, tanto los imperios que dominaron, como la riqueza que en ellos pudieron encontrar, demostraron que la fortuna es de los audaces.

—Estas empeñando en fundar tu imperio sobre el oro de El Dorado —la voz de García se había convertido en el silbido de una víbora.

—¡Estoy empeñado en sobrevivir y si para ello debo coronarme emperador, por Santiago que lo haré!

—Pero no te vas a meter en esa maldita jungla a buscar reinos perdidos —dijo García.

El virrey se puso de pie de nuevo, tratando de ocultar el dolor de la reuma y su exasperación ante las redundantes preguntas de su hijo.

—Por supuesto que no —respondió al fin.

—¿Y a quién vas a mandar a encabezar esta locura? —preguntó el joven, rogando en sus adentros que su padre no fuera a mencionarlo a él.

—A alguien en quien pueda confiar.

El suspenso que provocó en García aquella respuesta lo hizo tabletear con mayor intensidad sobre la mesa.

—Voy a nombrar gobernador de Omagua al teniente Pedro de Ursúa.

Antón Llamoso observa el bohío desde la maleza, la luz sigue encendida en su interior. Adentro deben estar las tres mujeres: María de Sotomayor, doña Inés de Atienza y su sirvienta, Mitaya Uitima. Afuera, dos de los hombres de Guzmán vigilan.

Aguirre fue muy específico: evita eliminar a la gente de don Hernando, debes hacerlo muy limpio y silencioso.

Para él no significaba problema alguno entrar al bohío sin liquidar a los guardias, la parte difícil era matar a las mujeres sin que ninguna de ellas fuera a pegar un grito. Pero su mente asesina está acostumbrada a resolver ese tipo de problemas y en segundos tiene la respuesta que necesita: Aguirre dijo que no los matara, pero no dijo nada de ponerlos fuera de combate.

Otra de las habilidades de Antón Llamoso es la de poder hacer ruidos muy singulares y eso hace. Ahueca las palmas de sus manos y las coloca frente a sus labios. Sopla con fuerza y deja escapar un gruñido semejante al de la pantera.

Los guardias reaccionan alertas ante el posible peligro que los acecha. Se ponen inquietos tratando de decidir qué hacer. Saben que deben cerciorarse de que el felino no esté demasiado cerca y si lo está, deberán espantarlo, pero nadie estará seguro en el campamento si la bestia sigue merodeando. Tardan en ponerse de acuerdo, los dos no pueden abandonar el puesto e ir en pos del rugido, así que uno penetrará la maleza en medio de las tinieblas, mientras el otro aguarda. Lo echan a la suerte. El afortunado es Joaquín López de Huesca, un mozalbete que recién estrena barba, de no más de quince años vividos, otro pobre diablo que se embarcó soñando con regresar a su tierra cubierto de oro, pero quien hasta el momento, de lo único que se ha cubierto en el nuevo mundo es de mierda y de sangre.

Joaquín empuña su lanza. Temblando y con paso cauto se interna en la maleza; su compañero Pedrarias Domínguez, natural de Mejía, ya no lo volverá a ver por esa noche.

III

EL REINO DE LOS MORTALES

Tan grande es tu poder
que todo lo consigues.
Cuál es tu gran secreto
que nada te prohíbes…

R. Álvarez
Maldito Sea Tu Nombre - Ángeles Del Infierno

El espectro de Cruspa, madre de Elvira...

ELVIDA ABRE LOS OJOS y se deja inundar por la agobiante inmensidad del cielo estrellado del Cuzco. Suspira y luego se vuelve para mirarme.

—¿Qué somos nosotras, mama Cruspa?

—Somos semillas que regó el sol sobre la tierra.

—¿Y para qué estamos aquí?

—Solo estamos de paso, nos esperan en otro lugar.

—¿Qué lugar es ese, mama Cruspa?

—¿Ves las estrellas, mi niña? Más allá de ellas hay una tierra hermosa en donde podrás tener todo lo bello y todo lo delicioso.

—¿Tú has visto esa tierra?

—No, hijita mía, soy una india, cargo muchos pecados y no puedo entrar tan fácil a ese lugar.

—Es injusto.

—Ellos vencieron... los hombres blancos ponen las reglas. Esas reglas prohíben la entrada al cielo a los que no adoran a su dios.

—¿Y yo... podré entrar a ese lugar?

—Tú sí, mi niña Elvira, tú sí... eres inocente, pura. Llevas esa sangre de España que te permite entrar sin obstáculos a ese lugar que ellos prometen, hasta tienes el nombre de una de sus diosas, a las que llaman santas.

—Pero también soy mitad india.

—Sí, pero la sangre de los blancos te purifica; la sangre de tu padre te permite entrar.

—Pero ellos maldicen a mi padre y lo persiguen.

—Se arrepentirán. Aguirre solo limpió su honor.

—Por eso lo odian.

—Se arrepentirán...

—No van a descansar hasta matarlo.

—Él es la ira de Dios, va a caer como fuego del cielo sobre sus cabezas y los destruirá.

—¿Y si lo matan, mama Cruspa? ¿Qué será de mí?

—No te preocupes mi niña, mi tesoro, hijita preciosa, yo te estaré esperando para llevarte a ese hermoso lugar.

—¿Volveré a verte, mama?

—No entre los vivos, hija mía, pero estaré siempre a tu lado... siempre, aquí, donde moran los padres de tus padres.

La voz se calla, se une al silencio del cielo.

La silueta de Juana Torralba, la mujer que cuida a Elvirita, danza frente a la inmensa luna llena que comienza a emerger entre los cerros. Se acerca a la niña, como arrastrada por el viento. Aunque la pequeña no puede ver con claridad su rostro, puede adivinar las lágrimas que humedecen sus mejillas.

Juana la toma entre sus brazos y acaricia su cabello. Ahoga en los hombros de Elvira un débil gemido de impotencia y pena, conmovida, tal vez, al saberse acompañada en el infortunio por aquel ser tan frágil y hermoso que estrecha entre sus brazos. Pero acostumbrada al dolor que su vida errante le ha enseñado, la Torralba saca coraje de la nada para domar sus encabritados sentimientos, aparta de sí a la niña para verla a los ojos y darle la noticia.

—Tu madre se ha ido... ¡a mama Cruspa se la llevaron las fiebres! —El sollozo se le quiere escapar por la garganta, pero con bravura lo contiene—. No la vas a volver a ver.

La niña acaricia las mejillas de la mujer con la palma de sus pequeñas manos. La queda viendo en silencio, sin mostrar emoción alguna, con el aire fatalista que enmascara a los habitantes naturales de estas tierras de piedra y frío.

—¿Entiendes? —insiste Juana Torralba, como intentando pasarle su pesar—. Se ha ido, Elvira.

—Ya lo sé —responde al fin la pequeña—. Vino a despedirse de mí.

El ánima de Chestan Xefcuin...

TE VI DESDE LA REGIÓN de las nieblas, mi niña, cuando el dolor que acompaña esta vida acabó por alcanzarte. Siempre fuiste muy mimada, muy protegida. En tu niñez jamás conociste de infortunio alguno. Cuando ya brotaron tus pechos indómitos en tu virginal regazo y los hombres lascivos comenzaron a matarse por tu atormentadora belleza, te ocultamos aquellas desgracias para que nada manchara tu inmaculada consciencia. Pero, yo ya no estaba cuando la vorágine de la concupiscencia consumió tu carne y como resultado vino tu desasosiego, la desdicha de los amores infortunados. Entonces, desde esta región, yo te decía: Inés de mis amores, mi pequeño tesoro, no sufras, no llores, que la soledad no te agobie porque tú no has sido llamada para vivir sin compañía. No llores a tu amante pálido que ya duerme con otras, más allá del mar... tampoco derrames lágrimas por ese esposo que más fue un padre para ti. Guárdate el agua bendita de tu alma para cuando tengas que seducir y conquistar al hombre de tu destino.

Te arrullaba en las tinieblas de la noche, te cantaba canciones de cuna que ya se entonaban desde antes de que reinara el primer inca, mucho antes de cuando una hembra era la inca y Dios era mujer. Quería secar tus lágrimas con mis cantos, pero la mayoría de los vivientes no escuchan nuestras voces desde este mundo debajo del tuyo.

Cuando te acostabas, consumida por el dolor y el llanto, yo te susurraba a los oídos: duerme mi niña y déjame que te cuente mis historias. Yo también sufrí, porque al igual que tú, le entregué mi amor de niña a una ilusión.

En aquellas noches de desconsuelo yo te contaba las historias de mis amores con los señores del Cuzco y cómo esas pasiones acabaron por incendiar nuestra tierra. Cuando serví al príncipe Huáscar, no pensé que llegaría a despertar una conflagración que consumiría a todas las cuatro partes del mundo; pero, ¿cómo habría yo de preverlo si era tan solo una pequeñuela, traviesa e ingenua? El Inca Huayna Capac me había utilizado para despertar la virilidad de su hijo y una vez cumplida esa tarea se esperaba que yo permaneciera un tiempo más en la corte, como sirvienta del príncipe. Pero, verás, pequeña mía, los lambayecanos somos muy distintos a esta gente ceremoniosa y fría que habita en el techo del mundo. Nos consume la pasión y el gozo del amor, somos brasas ardientes, pavesas que llevan el fuego más allá de lo esperado, por eso, cuando le di a probar a Huáscar las esencias de mi vulva, se volvió loco... loco de amor... lo atrapó un remolinante frenesí que le hizo perder la visión y se prendó de mí. Prefirió los deleites de mi vagina y descuidó su formación como gobernante. Eso hizo que el Inca Huayna Capac lo viera con desdén.

No es que la pasión fuera algo nuevo para los incas. Huayna Capac mismo sufrió las correrías de su corazón lujurioso. Cuando los quitos se alzaron contra el Tahuantinsuyo no se trató solamente de una acción militar y política, como ahora se dice. Huayna Capac fue movido más por el ansia de poseer a una mujer, que por su deber como emperador. Desde que atravesó Quito con su ejército, quedó prendado de la esposa del cacique, pero ella no cedió a las solicitudes del gran señor. Entonces, como Huayna Capac no pudo ahogar su deseo, afrentó al rey de los quitos. Fue el mismo Inca quien atizó la rebelión contra el rey de los quitos para intervenir con sus tropas, de esa forma pudo eliminar al cacique y casarse con la viuda. El fruto de ese delirio sangriento fue Atahualpa, la grieta que destruyó el imperio.

A partir de esa pasión por la reina quiteña, Huayna Capac hizo de lado a sus esposas y concubinas, en especial a su hermana princesa, la madre de Huáscar. Esa fue la semilla que germinó en discordia entre la simiente del Inca.

Cuando yo llegué al Cuzco, los rumores de sedición se arrastraban como víboras por los corredores del palacio, pero al principio enfilaban hacia otro rival del príncipe Huáscar. Se hablaba de la preferencia que mostraba el emperador hacia Ninam Cuyuchi, el segundo en la línea de sucesión.

Te conté que el Inca había menospreciado a su primogénito Huáscar desde que comenzó a descuidar sus deberes como heredero al trono, pero, la verdad, sospecho que Huayna Capac lo odiaba desde antes de nacer. Y quizás no fuera por el príncipe en sí, sino por su esposa hermana, la Mama Ocllo. Decían los de palacio que siempre la había detestado y que se desposó con ella obligado por su padre, Topa Inca Yupanqui. Ese odio se convirtió en ponzoña mortal cuando la misma Mama Ocllo impidió que Huayna Capac asesinara a su hermano rebelde, Capac Huari, cuando este se alzó contra el Inca.

Como verás, esta gente fría del Cuzco también se calienta, pero no como nosotros los lambayecanos, que al sentir la corriente de la vida surcando nuestras venas, nos dejamos poseer por la alegría y la fiesta. No, los cuzqueños se enferman de odio cuando se encandilan, se convierten en alacranes peligrosos que disparan su aguijón contra sus propios hijos.

La maldición de pústulas rojas que precedió a los hombres blancos alcanzó a Huayna Capac antes de que pudiera nombrar heredero a Ninam Cuyuchi. Eso produjo el primer alzamiento al cual Huáscar no habría sido capaz de sobrevivir de no ser porque la peste blanca, la enfermedad de pústulas y fiebres, también dio cuenta de su rival.

Yo vi alzarse al nuevo emperador, soberbio y ebrio de poder cuando proclamó la victoria. Los sacerdotes tomaron la muerte de Ninam Cuyuchi como un agüero favorable y se volcaron en apoyo al Inca Huáscar. Fue entonces que Atahualpa se negó a venir al Cuzco para participar en las ceremonias fúnebres de Huayna Capac. Es probable que el príncipe de Quito intuyera una traición contra él entre las paredes de piedra de la capital del imperio. Tal vez, desde mucho antes, se preparaba para la guerra. Jamás se sabrá, pero su actitud me permitió inflamar el corazón de Huáscar en su contra.

¿Te mencioné cuánto odiaba yo el Tahuantinsuyo? Pues aquella rivalidad entre los herederos de Huayna Capac se convirtió, de manera providencial, en mi instrumento para echar por tierra la soberbia de los incas. Emponzoñé el alma de Huáscar contra Atahualpa, lo convertí en su peor enemigo y si bien estoy segura de que siempre habrían acabado haciéndose la guerra, fue por el brasero que yo revolví entre ellos que el odio reverberó con mayor fuerza en medio de aquella conflagración.

Yo salí del Cuzco mucho antes que Atahualpa tomara la ciudad. Me fui diciéndole a Huáscar que no lo volvería a ver hasta que me trajera la cabeza de su rival. Me comporté como una niña estúpida, jamás imaginé las consecuencias de lo que había provocado.

Junto al río Apurimac, las fuerzas de Huáscar casi liquidaron a las de su medio hermano, pero al segundo día de batalla, los dioses le dieron la espalda a mi príncipe. Fue derribado del trono y humillado por los generales de Atahualpa. Lo obligaron a vestirse de mujer, lo apalearon y lo hicieron comer excrementos sobre las empedradas calles de Cuzco. No conformes con eso, uno a uno fueron degollando frente a él a sus esposas, concubinas, hijos y siervos. Durante días, la sangre no paró de correr sobre las avenidas de la ciudad de piedra.

Allí habría acabado mi jornada por este mundo, pero los dioses me tenían deparada para otro destino... otro destino en el que estabas tú, mi bella Inés, mi cholita preciosa.

Las intrigas de los hombres son terribles, mi niña hermosa, tenías que cuidarte de ellas y mantenerte al margen de sus ambiciones, pues el único lenguaje que comprenden es el golpe de sus espadas y el rugido de sus cañones. Tras sus quimeras, corre la sangre, mi niña Inés, no debiste haberlo olvidado. Su Dios parece haberlos marcado para odiar y codiciar, es una maldición eterna que tendrán que pagar por causa de sus pecados.

Cruspa observa desde el más allá...

ELVIDA ESTABA BARRIENDO la sala cuando divisó, a través de la ventana, la frágil figura que se aproximaba, un fantasma acechado por los vientos. La niña salió para ver mejor de quién se trataba. Era una silueta contrahecha y vacilante que avanzaba cojeando sobre la verdura del pasto, bajo las nubes grises que se apretujaban en anuncio de la helada que se les venía encima.

Juana Torralba observó a la pequeña desde el corredor y al verla tan atenta, con la vista perdida en la lejanía, se acercó a ella. Desde la puerta pudo distinguir al hombre que se aproximaba. Juana rodeó con su brazo a Elvira, como intentando protegerla de algún mal augurio. Un extraño hueco se le formó en el alma a la mujer cuando percibió las desbocadas palpitaciones en el pecho de la chiquilla.

—Cálmese, Elvirita... —la frase se le cuajó a Juana en la garganta y no pudo decir ya más nada cuando enfocó bien la vista sobre aquella sombra que avanzaba con paso entrecortado hacia la casa—. ¡Ave María purísima! —Fue lo único que pudo decir a la vez que ahogaba el sollozo en la incredulidad ante lo que veía.

Los ojos de Elvira eran nubes de tormenta, derramándose sobre sus mejillas heridas por el gélido soplo de la tarde.

El caminante se detuvo a varios metros de la casa, como intentando tomar aire para recorrer el último tramo de su jornada, o como tratando de vencer el temor a que todo aquello, lo que tanto había anhelado ver, se esfumara ante sus ojos como la neblina evaporada por el sol. Reinició la marcha, sin despegar los ojos de la pequeña.

—¡Padre! —Elvira no se contuvo más, se soltó de Juana y corrió hacia el harapiento peregrino.

El abrazo se convirtió en el momento más feliz de la vida de Lope de Aguirre. Mi esposo sostuvo contra su pecho a mi niña y, de haber podido, la habría mantenido ahí hasta la consumación de los tiempos.

—¡Cuánto tiempo, mi pequeña Elvira, cuánto tiempo mi niña! —Era lo único que él lograba articular entre el llanto y la alegría—. ¡Te juro que no las volveré a dejar, así tenga que marchar al último extremo de la tierra os llevaré conmigo, no os dejaré jamás!

Juana Torralba los observaba, muda ante el impacto de aquellos cuatro años y medio de ausencia que habían caído en avalancha sobre ella al reconocer a mi esposo. Titubeó un poco y comenzó a caminar hacia él, sus ojos nadaban en lágrimas y su garganta estaba congestionada por una mezcolanza de tristeza y felicidad.

—¡Juana! —dijo Aguirre al reconocerla—. Buena mujer, gracias por acompañar a Cruspa y cuidar a mi niña Elvira.

Aguirre se puso en pie, cargando a la pequeña. Aspiró el aire fresco, lleno de recuerdos, y avanzó hacia la casa.

—Juana, ve y llama a mi mujer, dile a Cruspa que he

vuelto —, la voz cálida y feliz de Lope de Aguirre se congeló en el aire y cayó al suelo envuelta en cristales de granizo cuando vio el rostro compungido de la mujer.

—¡Ay, señor! —Las palabras se le resbalaron por la garganta a Juana—. ¡Cruspa no puede venir!... ¡La queríamos mucho, señor!... ¡Hace un año que nos la llevó la fiebre!

El aire se congeló en los pulmones de Aguirre y una soledad inmensa se apoderó de todos los rincones de su alma para no abandonarlo ya más durante el resto de su violenta existencia.

Los espíritus que ven Trujillo...

¿QUIEN PUEDE DECIR QUE conoce el diabólico mecanismo de la pasión? Los romances suelen hablar de encuentros fortuitos y miradas que por azar se entrecruzan, los poetas cantan de vahídos febriles que aceleran las palpitaciones ante la inminencia del estrepitoso arribo de Cupido y los trovadores ponen a la fatalidad como estratega de las pasiones y arquitecta de los amores tormentosos y eternos. Tu amor no nació de ninguno de esos enredijos fantásticos y tu pasión no se alimentó con el fuego de la poesía. Fue un amor huérfano, Inés, nacido en el tiempo en que ya tus carnes habían descubierto el sosiego de la madurez y el rezo. Cuando ponías oídos sordos a las indecencias de Mitaya Uitima y a las picardías que te susurraba el fantasma de tu madre, Chestan Xefcuin, durante las tardes de calor, a la sombra del almendro. Ya te creías invulnerable, victoriosa sobre las refriegas pasionales, conquistadora de todo cuanto había que conquistar y, por tanto, ocupabas tus mañanas en la misa, tus tardes en el rosario y tus noches en la meditación de tu breviario.

Pero, la maldad que conspira contra la paz de los humanos, no podía dejar que pasaras de largo y permitirte vivir en sosiego lo que restaba de la segunda parte de tu vida. Así que una noche, a la mesa del señor obispo, como para añadirle ironía al asunto, el maligno te jugó la despiadada broma de abrir tus oídos a la sinuosa voz de

89

aquel gallardo y joven pelirrojo que se hacía llamar Gobernador de Omagua y Conquistador de El Dorado; eso bastó para que don Pedro de Ursúa se te colara desde el oído a los ojos, de los ojos a la boca, de la boca al pecho y de ahí, hacia ese lugar de tu vientre que creías clausurado.

Ya lo conocías, desde mucho antes, unos días después de la muerte de don Pedro de Arcos, tu esposo, el afamado Ursúa llegó a tu casa. Bizarro, vistiendo de luto y con escolta, bajo los estandartes del virrey y marqués de Cañete. Pidió audiencia contigo y se presentó con rostro grave y excesiva cortesía. Dijo que el virrey mismo lo había enviado con encargo de darte sus más profundas condolencias por la muerte del caballero de Arcos, a quien reconoció como amigo personal de Su Excelencia. Asimismo, el marqués mandaba a expresar la honda pena que le causaba el involucramiento de su sobrino, Francisco de Mendoza, en el fatal desenlace de tu marido. En esa entrevista, aseguró don Pedro de Ursúa que el virrey había tomado severas medidas con su pariente enviándolo de regreso a España. En vista de ello, te pedía discreción en tan delicado asunto, lo cual recibiría una permanente gratitud por parte de Su Excelencia. ¿Recuerdas tu respuesta, mi niña? Le dijiste con el paladar amargo al afamado y galán guerrero, veterano de más de un centenar de batallas, que bien se podía ir a la mierda con sus melifluas palabras, que le dijera al señor virrey y marqués de Cañete, don Andrés Hurtado de Mendoza, que podía perder todo tipo de preocupación, ya que a ti tampoco te favorecía en modo alguno que tu fatalidad corriera de boca en boca entre las serpientes de Trujillo. Por lo demás, ni su bizarría, ni su viril porte, su esbelta figura, sus cabellos de flamígera apariencia, sus ojos de pálido cielo, ni tampoco su reconocida fama de amante apasionado, causaron la más superficial impresión en ti. Nada, no dejó en absoluto nada como impresión en tu alma.

Todo lo contrario ocurrió con nuestro gallardo caballero. A partir de ese momento, fuiste una obsesión enquistada en la mente y en el pecho, así como también en el vientre del joven guerrero, vencido en primera batalla por la mujer más bella del reino del Perú.

Muchos años después volvió a aparecer en tu vida, invitado a la cena por el señor obispo, mi cholita bella, en esa ocasión ya no estabas distraída por la estela de la muerte. Por eso tus oídos, así como tus ojos y el valle que corre entre tus pechos estaban abiertos. Lo viste bizarro y soberbio mientras hablaba de reinos portentosos en donde se despreciaba el oro por su abundancia y servían de juguete las piedras preciosas que se recogían en las calles. Todos lo escuchaban alelados y hacían números en sus cabezas para cuantificar cuáles serían las posibles ganancias si participaban con su inversión en la descabellada aventura que les proponía aquel joven audaz, que venía refrendada por el aval de Su Excelencia, el virrey Andrés Hurtado de Mendoza, marqués de Cañete. Entonces, te acordaste que un tiempo atrás lo habías mandado a la mierda.

Pasada la vergüenza de aquel recuerdo, te reíste de sus embustes. Le miraste atenta a cada detalle de su fantástica oratoria, admiraste sus cabellos escandalosos, sus ojos de mar transparente, sus labios llenos y rojos, sus brazos firmes, sus manos grandes y proclives a la perversión e intentaste huir de aquella infernal seducción desechándolo por joven. Podría haber pasado por tu hermano menor o por un hijo nacido en tu temprana adolescencia. Sin embargo, la lengua es taimada y la de Ursúa lo era aún más. Acostumbrado a seducir y deslumbrar con ella, era su arma más temible, de ejemplo ahí estaban los esqueletos de Bayamo y sus negros cimarrones para afirmarlo. También estaba como testimonio el corazón roto de Anayancy, quien prefirió sucumbir a la fiebre amarilla antes que enfrentar una vida sin él. Fue esa lengua la que abrió la cerradura de tu alma y las puertas de tu dormitorio, de esa manera ocurrió que, antes de que te dieras cuenta, de la mesa del obispo saltaron tú y tu amante de cabellos incendiados, a las sábanas de tu alcoba.

No fue esa primera noche, tras la cena del obispo, fue a la siguiente. Tú ya le tenías muchas ganas, total, no había nada que pudieras perder: tu virtud era constante blanco de la artillería de chismes de las matronas trujillanas, no dependías de ningún hombre y eras señora y dueña de una vasta fortuna, así que no tenías que guardar ninguna apariencia. Lo dejaste entrar a tu casa y a tu recámara. Tú misma lo desnudaste mientras besabas aquella piel que, de tan blanca, despedía una luminosidad espectral. Tomaste su verga dura, gruesa y llena de palpitantes venas; la lamiste con ansiedad desbocada hasta asegurarte que la rodeara la humedad exacta para deslizarla con suavidad hasta lo más profundo de tu vientre ansioso, lubricado. La absorbiste, te la metiste hasta el lugar en donde nacía tu ansiedad y tu deseo. Lo poseíste de mil maneras; él sobre ti, comiéndose tu boca en carne viva mientras su pene atravesaba la hondura de tu vagina con embates bestiales, desesperados; tú montada sobre Pedro de

Ursúa, con el eje de su virilidad atravesándote el alma y él devorando tus tetas inmaculadas, de amplia aureola parda, tu amante montándote como yegua indómita, con tus cabellos en su puño y su otra mano, descomunal, volando diestra sobre tus pechos, ambos enredados en posturas imposibles que aumentaban las sensaciones hasta exacerbarlos de placer en una confluencia de humedades, un reflujo de líquidos primordiales, envueltos en la decadencia de un canibalismo irracional e insaciable. Y arropados por aquella bruma de calores corporales, aromas de coito y vapores de perversión, los encontró la madrugada del día siguiente, luego del otro amanecer y después, de muchas alboradas más.

Por supuesto, fue un escándalo, la viuda madura y el joven aventurero, pero a ti ya no te importaba mucho guardar apariencias, sobre todo, después de haber vivido lo suficiente como para saber que en Trujillo todos escondían sus escándalos bajo las enaguas y los calzones, que tenían colas con suficiente longitud como para pisarlas. Le cogiste gusto a pasar con él las tardes lluviosas, enredada a su cuerpo bajo las sábanas, en aquel cuartito vulgar de paredes encaladas, armario, silla, mesa, aguamanil y cama, sin adorno alguno, con las ventanas cerradas e iluminado por la temblorosa luz de un candelabro.

—¿De verdad mataste tú solo a trescientos indios en Nueva Granada?

—No estaba solo, Inés, me acompañaba García Arce.

—¿Solo los dos?

—Y doce soldados más.

Pero tú, mi cholita, no hacías caso de semejantes embustes, tan solo te concentrabas en sus ojos de fuego azul, en su barba rala y rojiza, en sus labios carmesí que te comían toda y en la blancura imposible, luminosa, como luz de luciérnaga, de su piel.

—¿Por qué te escogió a ti el virrey?

—Porque soy el mejor.

—Mejores había.

—No seas insolente, mujer, que por más que te burles, el que está metido en la cama contigo he venido a ser yo.

Se reían y se amaban; luego de amarse una, dos y hasta tres veces, volvían a reírse mientras mandaban a Trujillo al carajo, con todo y sus rezos, sus beatas, sus caballeros y sus curas. Aquel cuarto se volvió tu mundo, Inés, y tu amante se volvió tu dios.

—¿Para qué vas a irte tras Omagua? Esa es una quimera, yo soy real.

—Porque soy hombre y los hombres corremos tras nuestras fantasías y conquistamos nuestras quimeras. Mi nombre será mayor aún que el de Pizarro y el de Cortés cuando lo haya unido al descubrimiento del reino de El Dorado.

—¿Mi amor no te disuade?

—Aunque es fuerte el amor como la muerte y las aguas no lo puedan apagar, más fuerte es en los hombres el apetito por la gloria y el poder.

—¡Nunca me has amado!

—No hablemos de amor, eso nos amarga el paladar.

Y así, aún con enfados y todo, volvían a entregarse a sus pasiones hasta que el alba los hallaba vencidos sobre aquella cama indefensa ante las atronadoras batallas en las que se enfrascaban los amantes. Tuvo que intervenir García Arce para recordarle al gobernador, Pedro de Ursúa, que tenía aún que conquistar su reino para estar a la altura de su título. De esa manera buscaba ponerlo en marcha hacia el río Marañón en donde se habría de armar la flota conquistadora. Pero, cuando el barbirrojo navarro estuvo ya listo con bártulos, dineros, hombres y armas para su expedición, la hoguera de sus pasiones le volvió cenizas la voluntad y plomo el equipaje, de nuevo se fue el gobernador a buscar el enredo de las sábanas y la blandura de las carnes de su amada, la más bella del Perú.

Así se fue el tiempo de partir y luego se fue el tiempo de la oportunidad, se pasaron los días y cuando por fin, el ya insoportable García Arce logró sacudir del húmedo sopor a Ursúa, las lluvias se habían apoderado del mundo y marcaban un inicio de malos augurios para la expedición.

Él no te dijo adiós, ni te dejó promesas como: volveré, espérame que regresaré para hacerte la reina del Perú. Se largó bajo el manto de la noche, con sus sueños, sus reclutas y veintitrés bestias de carga, dispuesto a conquistar sus quimeras y volverse señor de sus fantasías.

Y unas cuantas semanas después, tú te fuiste tras él.

Aguirre en el infierno...

¿DE QUÉ SIRVE EL PERDÓN REAL, si siempre nos van a matar de hambre? —Luego de decir aquello, agachó la cabeza, respiró hondo, lanzó una maldición y añadió—: Muy cómodo está el rey en España, engordándose con el oro que le enviamos a costa de nuestros lomos y nuestras tripas. Bien se la pasa inventando leyes con sus tinterillos para ver qué más nos saca después de desollarnos vivos.

—Deberías cuidar mejor tu lengua, hermano Lope, recuerda que en Cuzco hasta las piedras oyen —me dice Pedro de Munguía, ese que se limpia los restos de vino alojados en sus largos bigotes.

El otro, el que tiene cara de bobo peligroso y que está agazapado en el rincón de la esquina, viendo con ojos azorados mis gesticulaciones, es Antón Llamoso. No habla nada, solo sigue la conversación, sin atreverse a razonar lo que escucha. Hay quien le llama «el perro del cojo Aguirre», pero nadie se atreve a decírselo en su cara.

—Yo no nací para labrar la tierra, soy domador de caballos, guerrero. Necesito vivir entre el peligro, la pólvora y la sangre, pero este Cuzco me está consumiendo —les dijo.

—Por eso he venido, para que salgas de este agujero.

—¿Nos rebelamos de nuevo?

—¡Al carajo las rebeliones! Son caldo de traidores. No, de lo que te hablo es de algo mejor. Aguirre, vengo a proponerte que prestes tu sangre a una empresa que seguro te traerá fama, y si sales vivo, quizás fortuna.

—Me parece increíble escucharte hablar así, Pedro.

—Aún no permito que la amargura me coma el corazón.

—Igual, hablas como si no estuvieras harto de tragar tanta boñiga.

Antón Llamoso se ríe aunque no sepa de qué. Munguía se peina el bigote, no esconde la incomodidad, pero se la traga. Si hubiera sido otro el que le hubiera dicho aquellas majaderías, ya le habría rebanado el pescuezo con la daga que siempre lleva oculta en la bota, pero su afecto por mí es fuerte, endurecido a lo largo de treinta y tantos años de compartir venturas y desventuras desde que nos conocimos mientras saqueábamos sepulturas de indios en Cartagena de Indias.

—Aguirre, no seas bellaco y escucha, tú y yo somos un par de malditos, incapaces de someternos a la paz. Ninguno de los dos nació para labrador, ni mucho menos para morir de viejo y rodeado de nietos.

—¿Y qué sabes tú del destino?

—Lo que sé es que nos aguarda una buena oportunidad.

—Oportunidad, ¿de qué?

—De hacer lo que vinimos a hacer aquí desde un principio: matar indios y conquistar tierras; y si por fortuna tropezamos con un tesoro, pues, volvernos ricos en el camino.

—Repito, Munguía, entre más viejo, te vuelves más idiota. ¿En dónde crees que haremos tal cosa?

—En Omagua, vamos a conquistar el reino de El Dorado.

No me cago de la risa porque mi amigo Munguía ha puesto cara muy seria. Esta enfermedad de conquistador es un veneno que se mete muy dentro de la sangre y parece que nada sirve de antídoto para curarla. Tomo un trago de vino, volteo hacia Antón Llamoso que nos mira con ojos azorados, trata de adivinar mi reacción y está angustiado al no poder discernirla.

—¿Todavía hay alguien que crea en esa patraña? — Digo al fin.

—Lorenzo Zalduendo anda reclutando hombres para la expedición.

—¿Quién promueve semejante disparate?

—El virrey mismo.

Me quedo callado, me muerdo la lengua, ahogo el aire de las palabras en mi garganta. Lo veo todo con diáfana claridad. Es un pillo el marqués de Cañete, un pillo cruel y sanguinario. Bien se ve que para pacificar el Perú está dispuesto a todo, sin el más mínimo escrúpulo.

Después de las rebeliones han quedado en el reino más de cuatro mil hombres armados que vagan sin ocupación y sin plata por todo el territorio. Ese es el caldo en el que se cuecen todas las revueltas que afligen esta tierra, eso lo saben todos, en especial su excelencia el virrey, así que ha preparado el mejor cadalso para toda esa chusma: la conquista de la jungla en donde, si encontramos la gloria será para el rey y si hallamos la muerte, será para nosotros. Es un pillo el marqués.

—Pues en Omagua nos topamos con el destino —dijo—. Es mejor guardar las apariencias.

—¡En Omagua nos topamos con la gloria! —dice Pedro de Munguía alzando el vaso de tinto y yo lo observo, como quien mira a un niño patituerto que juega a ser caballero.

Tres meses, tres días, tres horas... parece una cábala, pero ese es, en verdad, el tiempo que tomó para que cayera la ruina sobre aquel reino de quimeras. La tragedia ya envolvía a Pedro de Ursúa desde que sumó a su tropa a individuos como Aguirre, Llamoso, Zalduendo e, incluso, cuando decidió traer a su dama, Inés de Atienza, a este infierno verde provocando la murmuración de la tropa y dándole armas a los traidores. ¿Qué lo perdió? La soberbia, tal vez, la modorra causada por la lascivia, la peregrina creencia de que Dios lo había ungido para ampliar la gloria de su Reino en aquellas tierras vírgenes e insumisas. La falsa seguridad que ofrece el poder.

Pero ya lo hecho, hecho está.

Los bergantines y las chatas languidecieron pudriéndose a la orilla del río, las envolvían los vapores pestilentes de la jungla y las brumas del sopor de las tardes inútiles en las que el príncipe Ursúa se encerraba en su cabaña, con su querida, para corretearla desnuda sobre las pieles que cubrían el piso de aquella choza con pretensiones de palacio. Mientras tanto, el torrente de la murmuración crecía afuera, a pocos pasos de donde el gobernador y su cholita follaban sin descanso ni empacho alguno, a cualquier hora del día, emitiendo los más variados ruidos desde el ¡Ave María Purísima!, hasta: ¡Puta más buena, mi puta, mi bella puta bellaca!

La murmuración mata, de eso se vino a dar cuenta muy tarde don Pedro de Ursúa. El asesinato de su jefe de ar-

mas fue una advertencia, luego vinieron los desaparecidos, las miradas huidizas y esa asquerosa costumbre de
escupir el suelo a sus espaldas.

Como fuese, la muerte avisó… a ambos les avisó, Inés
de Atienza.

IV
EL REINO DE OMAGUA

…Te sientes tan fuerte que piensas
que nadie te puede tocar.

Enrique Ortiz Landazuri, Pedro Andreu Lapiedra,
Joaquín Cardiel, Juan Valdivia
Maldito Duende - Los Héroes Del Silencio

Don Pedro de Ursúa en el purgatorio...

MI AMOR, INÉS, ¡qué vano es todo! Y ahora vengo a saberlo, cuando de nada vale lo hecho. Ninguna de las batallas suma en este más allá, ninguna de mis vivezas es de utilidad alguna en este purgatorio gris. Aquí no hay clases, ni razas, ni sexos, no hay nada que conquistar y nada que perder. Estamos todos amontonados, esperando, ¿esperando qué?, ¿esperando el vacío? Como las barcazas que mantuvimos en el río Marañón, que aguardaban el soplo de la fortuna para echarse a navegar por aquel río pardo, aquel río verde. Así estamos aquí, sin tiempo, sin más que la perpetua espera del juicio final, en otro río tan denso o más que aquel, el río de la eternidad.

¡Cómo desearía que algo pasara! Quiero sentirme como cuando por fin, a principios de septiembre del año de nuestro Señor de 1560, nos pusimos a navegar en busca del reino de Omagua y del príncipe El Dorado. Entonces, todo era euforia, las amarguras se habían escondido bajo algún pliegue de la memoria, tras el sudario de la alegría por las futuras conquistas. Quimeras de honores y tesoros llenaban aquel aire con olor a selva, a humedal, a follaje podrido.

Cómo me amargó ver cuan pronto se hundían dos tercios de mi armada nomás haber besado el agua las proas. Las malditas hormigas del río y la humedad de la estación se habían cebado del maderamen de los navíos que se hicieron astillas a escasos minutos de navegación. Fue una humillación indescriptible.

Tuvimos que dejar provisiones, ganado y gente en tierra, pues no había espacio en las embarcaciones que lograron mantenerse a flote.

Ahora que lo pienso, los cielos debieron haberme estado advirtiendo a gritos lo que nos aguardaba, Inés de mi alma, ¡y cuán sordo fui! Pero de nada sirve llorar sobre la leche derramada. Además, no podía esperar ni un instante más. De dar la orden de quedarnos para recomponer la expedición, igual se habrían sublevado estos canallas en el embarcadero como lo hicieron en la selva.

No obstante, naufragio y todo, hubo felicidad por la partida de las naves que lograron flotar. Salir de los días estancados en aquella poza cenagosa de incertidumbre, intrigas y odios envueltos en los miasmas de los días vanos fue, para muchos, un alivio. Estos hombres, ávidos de sangre y oro, no se habrían contentado con mantener sus espadas ociosas en sus enmohecidas vainas.

Hasta Aguirre dejó de murmurar ese día. La felicidad dibujada en el rostro de su hija, Elvira, lo tenía embelesado. Él la contemplaba de una manera que me sorprendió. Nunca habría podido imaginar que aquel bellaco asesino fuese capaz de sentir amor, pero eso era lo que mostraba en su mirada mientras contemplaba a la niña, un amor tan profundo, tan intenso, que le daba un color nuevo a esos ojos grises suyos. Sin embargo, ahora, cuando desde este limbo he visto todos los momentos del tiempo, me doy cuenta de que Aguirre jamás sintió misericordia por nadie, ni aún por la hija que aquel día contemplaba con tanto sentimiento, a la que en su desmedida locura de poder llevó a la muerte bajo la daga que él mismo empuñó y con la que abrió la tierna carne de su blanco y delicado cuello.

—Señor Aguirre —le dije durante la partida, para hostigarlo un poco—, como puede observar, la flota ya navega. Si mal no recuerdo, usted votó por sus barbas que jamás nos haríamos a navegar.

—Soy hombre que recuerda bien sus palabras, don Pedro, no se fatigue usted en recordármelas —me dijo muy socarrón el maldito cojo—. En todo caso, quizás una patilla si habría de recortarme, porque, si no me falla el cálculo, más de la mitad de vuestra flota yace en el fondo del río.

—Un infortunio.

—Sí, un infortunio.

La manera de verme de aquel hombre fue un oscuro augurio de lo que pronto desataría su corazón. Verlo a los ojos era como asomarse por el borde de un pozo lleno de odio y veneno. Un escalofrío recorrió mi piel, a pesar del húmedo calor que nos sometía en la ribera de aquella inmensa corriente de agua.

No te lo negaré, Inés, mi amor, que al ver aquella mirada, fría como brisa de invierno, un temor indescriptible se dispersó por mis venas.

La conjura inició aún antes de que partiéramos. Yo estaba tan cegado por ti, Inés de mi corazón, que no estuve atento a todas las señales que me lo indicaban. ¿Pero cómo iba yo a darle cabida al miedo? Desde que puse pie en esta tierra en donde las culebras vuelan y los árboles cantan, enfrenté a todos mis enemigos con la espada firme en mi puño y los pies bien plantados en esta región iracunda. Jamás permití que el temor acampara en mi corazón y gobernara sobre él, mucho menos a causa de habladurías y conspiraciones en la sombra.

Me lo advirtieron muchos de los nobles caballeros que apoyaron mi empresa desde el inicio. No fueron pocos los consejos de prescindir de buena parte de aquella chusma de pendencieros, criminales y reconocidos traidores que en su afán por limpiar el reino de aquella gentuza, me enviaba el virrey para engrosar las filas de los expedicionarios. Mi buen amigo, Martín de Guzmán, me urgió en muchas ocasiones que diera de baja al loco Aguirre y a los que con él solían departir.

—Si tuviéramos que prescindir de cada hombre con malos antecedentes, nuestra armada se vendría a componer solo de vuesa merced y yo, y hasta de mí dudaría, mi querido Martín —le decía yo cada vez que me insistía.

El maese don Pedro de Añasco, viejo amigo, también dispuso prevenirme de una insurrección, a tal punto que llegó a darme una lista de los diez más peligrosos conscriptos en mis filas, Aguirre entre ellos, proponiéndome que los dejara a su cargo cuando partiéramos y que él mismo, de sus propias arcas, pagaría los sueldos de estos por varios meses a fin de que la expedición pudiera viajar en paz en sus primeros avances hacia la tierra de los omaguas. Pero, yo no podía mostrarme temeroso, mucho menos débil y me negué a aceptar la propuesta de Añasco, haciéndome ver como un capitán confiado, seguro de sí mismo. No obstante, maese Añasco, más por sus barbas blancas que por otra cosa, me previno estar alerta porque aquella gente de la que desconfiaba llevaba la traición en sus venas y pronto saltarían contra mí con el veneno en sus colmillos.

Las premoniciones se cumplieron más pronto que tarde. No había zarpado aún la expedición hacia el reino de los motilones cuando dos cercanos amigos del virrey, mataron a mi teniente general, Pedro Ramiro. Los asesinos eran también mis amigos, Diego de Frías y Francisco Díaz de Arlés, quienes me habían acompañado desde Navarra en todas mis aventuras. Juntos burlamos a la muerte a golpe de sable en las guerras contra los indios, nos jugamos la vida con la vizcaína en una mano y la toledana en la otra, pero un alacrán ponzoñoso les picó su tósigo en el pecho indefenso, fue así como la traición se cuajó en sus venas y ya no hubo más que esperar a que se alzaran.

Se dice que los asesinos andaban envenenados por el nombramiento del teniente general. Ambos, hombres de guerra, estimados en los más altos círculos cortesanos en la Ciudad de los Reyes, se creyeron merecedores del título y, por tanto, se mostraron vejados al no recibirlo. Además, su incomodidad se vio aumentada a saña homicida a causa del veneno del que te hablo, Inés. Fue Aguirre, el cojo bellaco, quien los emponzoñó.

Ya lo puedo ver tendiéndoles la fullería en que ambos desgraciados cayeron. Fue sutil su trampa, la araña tejió con paciencia su red. Extendió la telaraña un día cualquiera en una de esas tabernas improvisadas a la orilla del río, en donde los soldados suelen diluir en ron y vino la pereza de sus tardes calurosas mientras esperan, impacientes, a que algún día parta la expedición. Allí él, el cojo bribón, murmuró sus quejas, sus rebeldías por el retraso, por la desorganización, por la escases de vituallas, por todo, y cuando al fin los vio envueltos en su trampa, les mencionó el asunto ese del nombramiento del teniente general, ese fue el veneno que hinchó la bolsa del aguijón que luego les clavó, después la ponzoña les atiborró las venas, los mareó y los arrastró a la locura.

¿Cómo avanza sus pasos la muerte? La señora de pálida calavera camina despacio, con su guadaña lista para cortar el ánima del cuerpo. Despacio, muy despacito, labora la señora pálida, pero aunque es lento su andar, es seguro que llegará a la cita en el día y hora que han sido indicados por su hermana, la fatalidad.

Muy confiado andaba don Pedro Ramiro, mi teniente general, ufano de su nombramiento, ¿y cómo no estarlo si tenía el beneplácito del virrey y mi respaldo personal? Aunque es así como se escriben las desgracias, de manera imprevista, sin posibilidad alguna de defensa.

Le encomendé la misión de marchar con una escolta para reinstalar en el interior a los indios que habían trabajado en los astilleros y, de paso, recoger víveres que ya habían sido comprados para la expedición. Lo envié con los capitanes Frías y Díaz de Arles; confiando en que ambos, amigos míos y compañeros de muchas batallas, me ayudarían como veedores de que la misión se cumpliera a cabalidad, pero estos dos desertaron poco después de salir con la tropa.

La tragedia, agazapada entre la espesura de la selva, se anunció sin recato: un soldado capturó una serpiente de dos cabezas, un grupo de indios asustados informó haber visto una bandada de pericos volando panza arriba, un inusitado número de caimanes se había aglomerado en la otra orilla del río, un pájaro extraño de plumaje negro había estado cantando: ¡muerte! en la copa de los árboles, una vaca había parido terneros pegados por el tronco. Las señales fueron claras y yo fui sordo.

Varios días después, estando yo en el puerto de Santa Cruz de Huallagas, recibí a un soldado que venía con gran agitación y el alma a punto de escapársele por la boca.

—¡Traición! —dijo el soldado sin apearse aún del caballo.

Le pregunté qué había ocurrido y las palabras brotaron de su boca en un torrente incontenible:

—Díaz de Arlés y Frías han matado a mi señor teniente general Pedro Ramiro.

—¿Cómo es posible? —le dije yo.

—Le han emboscado junto al río. A poco de partir de aquí la tropa, habían desertado, pero los volvimos a encontrar mientras cruzábamos el río. Iban con dos cómplices más: los soldados Grixota y Martín. Le han caído a traición a mi teniente general Ramiro mientras esperaba cruzar a la otra orilla. Frías le apretó el cuello con la daga envainada hasta ahogarlo, mientras los otros tres lo sujetaban.

Un hielo cruel se apoderó de mi cuerpo convirtiéndome en una estatua. Mandé a que encerraran en el cala-

113

bozo al soldado antes de que alborotara al resto del campamento, así también ganaba tiempo para saber cómo actuar en aquella situación en extremo difícil.

Pero fue poco el tiempo que gané. De alguna manera, el rumor del asesinato de Pedro Ramiro fue esparciéndose por cada rincón del campamento, como la bruma matutina de la selva. No pocos comentaban ya de los asesinos y ponían en duda que yo tuviera los cojones de actuar contra mis amigos.

Al final de la tarde del día posterior a la llegada del soldado, Frías y Díaz Arlés entraron al campamento. Su postura no reflejaba el más leve remordimiento. Con soberana desfachatez declararon su crimen excusándose con el cuento de que el teniente general se había alzado en mi contra.

Yo tenía el campamento dividido, en estado de ebullición, unos reclamando justicia por Pedro Ramiro y los otros apoyando la acción de Díaz Arlés y Frías. Este asunto de gobernar es agrio, mi amada Inés, es bebida de ajenjo puro. Era de mayor conveniencia para mi gobierno hacerlos apresar y así lo hice sin bajar la mirada ante los ojos de estupor y rabia de mis dos amigos.

Poco después, llegaron al lugar Grixota y Martín. De inmediato, los hice prender, pero los mandé a otro calabozo, lejos de los asesinos.

Los hombres de Pedro Ramiro llegaron por último y fue el testimonio abrumador de toda esa tropa la que hundió a los asesinos.

Fueron llevados a juicio como correspondía. A lo largo de todos aquellos días no se borró del rostro de los dos conspiradores, ni de sus cómplices, la mirada de asombro y horror al verse juzgados y sentenciados, cosa que jamás formó parte de sus planes.

Mientras sus cuellos fueron dispuestos sobre el tronco del verdugo, que a la sazón no se trató de otro más que del negro Bemba, el de blanca y socarrona sonrisa, el pueblo se aglomeró en derredor del lugar de la ejecución con ojos ávidos de muerte; y entre esta chusma curiosa y excitada ante el espectáculo de la parca, Lope de Aguirre, el mismo que había hincado en la carne de aquellos desdichados la ponzoña de la traición, cojeaba a la vez que distribuía su veneno hacia mí llamándome Judas, desleal con mis amigos y soldados, porfiando que yo habría de llevar al mismo destino a toda la expedición.

Pero ninguna de sus palabras llegó a mis oídos y aún, si hubiesen llegado, tan seguro estaba de mi posición que no habría hecho nada. Eso selló mi suerte y la tuya.

Díaz Arlés y Frías pagaron sus culpas… y yo también pagué por las mías.

Y así volaron los días, nos engulló la jungla, nos envolvió la intriga, nos olfateó la muerte y corrió la sangre, doña Inés.

Inés de Atienza, que en paz descanse...

AHORA VEO LA HISTORIA no es una sola. Cada quien la cuenta a su manera, así como vosotros que queréis hacerme ver como una mujer perdida por la pasión y la lujuria, una estúpida víctima de las circunstancias sin más papel que el de pedir socorro al noble caballero que esté dispuesto a tomar armas por ella. Es cierto que amé a Pedro de Ursúa, también es cierto que lo seguí a ese infierno verde, pero no estaba loca por él y lo que hice no fue por inconsciencia ni por debilidad de mujer, mucho menos por un desvarío de amor. Cada paso que di fue bien meditado, sopesando cada consecuencia de mis actos. No soy como vosotros especuláis, os equivocáis en todo. Vosotros, los hombres, os empeñáis en pensarnos tontas, como niñas que no pueden dar un paso sin vuestra supervisión y consentimiento. Nos creen incapaces de emprender aventuras tan descabelladas como las vuestras porque no creéis que podamos enfrentarlas con la bravura y el ingenio para salir airosas, como vos soléis hacerlo. Las mujeres también codiciamos, también conspiramos, también matamos.

Pero no quiero detenerme en esa discusión. Hablemos de las intrigas. El tejido paciente de la tarántula. La red que, poco a poco, palabra por palabra, nos fue envolviendo.

Mi dulce Pedro, a ti no te mató el acero de los traidores, te mató la soberbia. Fuiste avisado por tus más cercanos amigos de la calaña que envenenaba a tus tropas y restaste gravedad a la situación. El asesinato del teniente general, Pedro Ramiro, fue más que una advertencia de que tu expedición se pudría, así como los bergantines de tu armada de aserrín que se fue a pique antes de zarpar, pero no amputaste la carne gangrenada que terminó por corromper todo el cuerpo.

A mí tampoco me escuchaste, porque como los demás, creíste que yo era tan solo una mujer asustadiza, boba, sin el juicio adecuado para entender las cosas del gobierno militar y las faenas de la conquista. Sin embargo, yo sabía.

Los vi hablar entre susurros, ocultos en las afueras del villorrio al que habíamos llegado después de aquella penosa navegación por el río.

Yo había salido a mi caminata diaria, no muy lejos de las casas, cuando los vi pasar en actitud sospechosa. Siempre salía con María de Sotomayor, pero ese día ella tuvo que regresar al bohío y me dejó sola porque yo le insistí en quedarme.

Mientras meditaba en aquella expedición tratando de buscar formas de ayudarte, vi pasar a aquellos hombres entre los árboles. Tuve un presentimiento, los seguí con el ánimo de conocer sus intenciones. Logré esconderme entre la maleza sin que se percataran de mi presencia. Desde donde yo estaba, podía escucharlos. Ahí estaban Zalduendo, Alonso de la Bandera, ese tal Antón Llamoso, Montoya, Cristóbal Hernández, también el que se hacía llamar tu amigo, Hernando de Guzmán, y en medio de todos, la serpiente, el cojo maldito, Lope de Aguirre.

Hablaban que habías descuidado por completo el gobierno y que los llevabas a la muerte. Mencionaron el plan del virrey de matarlos a todos por revoltosos. Decían que los meses de hambruna sobre aquel río marrón, amontonados entre las pestes y las miserias de unos y otros, eran tu culpa porque se debieron a tu retraso y eso, dijeron, fue culpa mía.

—Lo tiene ahogado en la miel de su coño —. Aguirre pronunció aquellas palabras con un odio que yo ya había olfateado antes; entonces supe, con plena certeza, que más que amotinarse, nos querían matar a ambos.

Había algo sacudiéndose en mi pecho, el aleteo de la muerte, los temblores rabiosos de la fatalidad. Un desasosiego de terror se apoderó de mi alma. No pude contenerme y tras oír las palabras de homicidio intenté huir de aquel lugar, pero el taimado Antón Llamoso me escuchó, o me olfateó, o me presintió, no sé cómo lo habría hecho el maldito, pero lo cierto es que de alguna forma supo que alguien, además de ellos, se ocultaba en la espesura.

El vaho fétido de la parca se materializó en la diestra de Llamoso, brilló con luz fría bajo el sol de la selva, fuego y hielo. Era una daga afilada en punta, sedienta de sangre. Supe al verla que si salía corriendo, Llamoso me alcanzaría pronto y me mandaría al más allá. El terror que sentía se convirtió en algo denso que me envolvió. Me hice un ovillo, la maleza me tragó. Rogué al dios de mi padre y a los dioses de mi madre, clamé a todas las divinidades posibles por mi vida.

Sentí los pasos que se acercaban con sigilo, el ruido de la vegetación que era como el que hacía cuando la brisa la acariciaba, el aire que se tornaba más denso y caliente a mi alrededor, la sangre hecha hielo en mis venas. Esperaba la estocada inmisericorde en cualquier momento, el tajo que se sentiría como lamida de fuego y por donde después brotaría, en todo su esplendor carmesí, mi sangre.

Esperé.

Esperé un segundo.

Esperé un tiempo infinito y denso.

Nada pasó, la hora aún no me había llegado. No era mi momento, no era el tiempo en que mi sangre debía correr.

Pasó un tiempo infinito en el que solo el chirriar de las cigarras se escuchaba en aquel reino de hierba y selva. Permanecí acurrucada, silenciosa, conteniendo el llanto en mi pecho y esperé. Cuando pasaron las horas y me sentí libre de peligro, corrí en tu busca, a toda prisa, sin pensar en el riesgo que acababa de pisarme los talones. Pensaba en ti, solo en ti, en que te perseguía la tragedia, que te rodeaban muchos enemigos, despiadados, sedientos de tu sangre.

Llegué a tus brazos anegada en llanto, ¿recuerdas? Mi alma apenas podía seguirme el paso y solo logró alcanzarme unos segundos después. Me desmoroné en tu pecho mientras las palabras se me amontonaban en la boca y yo trataba de advertirte, de repetir todas las cosas que había escuchado.

Pero tú no quisiste escuchar, Pedro. Cosas de mujer, dijiste de mis advertencias y me mandaste a reposar al bohío.

¡Oh, mi estúpido Pedro! ¡Mi idiota, arrogante y bello Pedro! No advertiste el fétido vaho de la calavera sobre tu nuca, no te diste cuenta que tus días sobre esta tierra estaban ya contados y eran demasiado pocos.

Pedro, mi triste amado, tu suerte estaba echada.

Don Hernando de Guzmán, muerto y podrido...

ESA NOCHE, EL CALOR era distinto. Por dentro yo sentía un hielo más intenso que el que te cala en el más frío invierno, allá en los Pirineos. El desasosiego me mordía con sus helados colmillos y esparcía su veneno por todas mis venas. Pero afuera, entre los bohíos, se derretían los mosquitos en pleno vuelo, fundidos en una crema humeante. Los hornos del infierno soplaban su vaho incendiario por todos los rincones del campamento, mientras hombres y mujeres se diluían en sus sudores. Entre la escarcha y el fuego estaba yo, abatido por el miedo.

Sí, has oído bien, Inés de Atienza, yo estaba aplastado por el miedo, un terror acojonante por el destino que en aquel momento me tocaba enfrentar. Sin posibilidad alguna de escape, entre los conjurados que se levantaron en contra de don Pedro de Ursúa. Yo era el líder de los conspiradores, con el acero en mi puño, dispuesto a dar muerte a mi amigo. Por más razones que mi mente utilizara como escudo, la saeta de la duda se había clavado hondo en mi pecho y con ella se envenenaba mi sangre de la ponzoña del pecado de traición.

¿Cómo diablos había yo caído en esa enredadera? Sin duda, la jornada interminable en medio de aquel infierno verde hizo su efecto en mi ánimo, así como la lenta agonía sobre aquella monstruosa culebra de color marrón a la que llaman río de las Amazonas. Todo se confabuló con las nubes de mosquitos, el aire que más parecía brea hirviendo, la constante amenaza de muerte en el silbido de las flechas que no paraban de llovernos desde las orillas. Para nosotros, se volvieron clara señal de que éramos conducidos por el río Estigia con rumbo al Hades, capitaneados por un Caronte demente y lujurioso, enviado por el virrey a perdernos en la honda espesura para librar al Perú de rebeldes pendencieros y criminales.

Los cadáveres estaban amontonados, unos sobre otros, en aquel islote en medio del río que más parecía un océano marrón sin orillas a la vista. Una tristeza profunda se apoderó de mí al ver sus rostros apacibles, enjutos, coloreados de un pálido verdor, la inconfundible paleta de la muerte.

Se nos habían adelantado en procura de víveres para todos nosotros y vinieron a morir aquí, en esta tierra de nadie, tan lejos de su lugar de origen allende los mares.

Yo fui quien le transmitió las órdenes de su misión a su capitán, García de Arce, así me lo encargó el gobernador don Pedro de Ursúa y juro que creí que la expedición tendría éxito, que al final de una semana estaríamos todos ahítos de buena comida y con un ánimo mejor para proseguir con nuestra empresa. Mas esa ilusión se fue al carajo cuando, cinco semanas después, dimos con ellos, con sus cadáveres, en aquel islote perdido en la monstruosidad del río de las Amazonas.

Partimos del astillero un veintiséis de septiembre, día de San Cipriano, con el sueño de una tierra nueva, de abundancia, a pesar de todas las calamidades que nos advertían del trágico fin que nos aguardaba. Después de tantas jornadas de hambruna y pesares habíamos terminado por encontrar aquel paisaje de muerte y desesperanza, los restos de la incursión de García de Arce. Pero el capitán y varios de sus hombres, no se encontraban entre el amontonamiento de cadáveres. Entonces, surgió la incógnita, ¿en dónde estaban los remanentes de los expedicionarios?

Un temor helado invadió los corazones de todos. Rumores de brujerías, de demonios antropófagos y dardos emponzoñados que volaban a mitad de la noche invadieron nuestra flota. Algunos urgían que nos fuéramos de aquella isla maldita, solo yo tuve el tino de mantener fría la cabeza y recomendar que aguardáramos para hacer una profunda investigación de lo que había pasado y de dar con el paradero de García de Arce antes de retirarnos. Convencido don Pedro, lo que era de esperarse dado que el capitán extraviado era su brazo derecho y su fiel escudero desde mucho antes de su legendaria hazaña en Panamá, no hubo dificultad en hacer que la flota esperase unos días más hasta dar con alguna pista de los perdidos.

Fue así como al amanecer del segundo día, tierra adentro del islote, por el lado en donde se alzaban unas barrancas escarpadas pudimos divisar una débil columna de humo. Decidimos avanzar hacia ella con cautela creyendo que se trataba de un campamento indígena.

Nos sorprendió un disparo de arcabuz que, por poco, le vuela la cabeza a unos de nuestros hombres. A sabiendas que los indios no poseían ni sabían manejar aquellas armas de guerra les grité: «¡Ea, por el Santísimo, no disparéis que somos cristianos! ¡Somos castellanos, cojones, guardad vuestras armas!». A lo que desde arriba respondieron con voces de alborozo, como gente sitiada durante semanas que, de pronto, avizoraban su liberación.

Eran García de Arce y un puñado de sus hombres que apenas sobrevivían en un reducido fortín, en la cima de la barranca. Bajaron a duras penas cargando el cuerpo de dos compañeros abrasados por la fiebre, tan cadavéricos como los que encontramos cerca de la playa, amontonados unos sobre otros.

No fue poca la alegría del gobernador al reencontrarse con su escudero. Fue irónico que quien debía asegurarnos víveres y refugio para nuestra expedición, tuvo que ser alimentado con nuestras escasas vituallas para rescatarlo del umbral del más allá.

Con los relatos de sus hombres, nos fuimos enterando de los acontecimientos que llevaron a la debacle la misión de García de Arce.

Tras muchas búsquedas, el grupo había encontrado aquel islote en donde vivía una pequeña población de nativos, pacíficos en apariencia, quienes auxiliaron a los castellanos que llegaron muertos de hambre y agotamiento a las playas de la isla. Les alimentaron y curaron sus llagas. Vigilaron su reposo, les cubrieron en la comodidad de sus bohíos y hasta les prestaron mujeres para hacerles compañía. Cuando los españoles estuvieron repuestos, les cedieron un área cerca del villorrio, junto al barranco, para que hicieran ahí su campamento. Era una armonía soñada, pero no duraría mucho.

García de Arce recelaba de los indios, en su mente no cabía la posibilidad de que los nativos pudieran actuar con nobleza. Fue así como un gusano de desconfianza comenzó a comerle la cabeza, le hincaba los colmillos en la blanda sesera y mordía, mordía, mordía hasta volverlo loco.

—Estos indios traman algo —le decía a su gente—. Pronto nos van a atacar y luego nos comerán crudos. Lo sé, yo que tantas veces he visto su vesania.

Sus soldados estaban asustados. Temblaban de miedo ante cualquier ruido de la noche y el silencio también los espantaba. Entre sudores y mosquitos, hacían turnos de guardia esperando en cualquier instante el temido ataque. Mas nada pasaba. Así los fueron consumiendo en una locura indecible los días y las noches, manteniéndolos apenas sin dormir, lejos de todo sosiego.

Un día, García de Arce se hizo añicos, su mente descalabrada ya no tuvo asidero y se ingenió una diabólica estratagema. Envió gentiles invitaciones a los hombres de la tribu para compartir con ellos la comida y celebrar alianzas. Hizo que sus tropas se despojaran de toda bisutería que llevaran consigo y la enviaran como un regalo de paz a los incautos nativos.

Estos no eran tan tontos como él se lo esperaba, en el villorrio se desató un cruento debate sobre si asistir o no. Al final, el bando del cacique Paappa, a favor de mantener la armonía con los castellanos, ganó la discusión y decidieron asistir.

Sin duda, fue el recuerdo de Bayamo y los negros prófugos de Panamá lo que debió haberle inspirado la traicionera estratagema a García de Arce. No bien llegaron más de cuarenta indios al campamento cristiano, cuando el capitán les hizo entrar a un bohío grande en el centro del asentamiento. Fue ahí donde ordenó que se desatara el infierno. Dispararon los arcabuces, el acero de los sables saltó sediento de sangre, puñales, ballestas y hasta piedras se emplearon en hacer girones la piel de los desdichados nativos. La sangre anegó el suelo de aquella masacre, descendió por la ladera y llegó hasta el río. Tripas, sesos, brazos y piernas yacían regados por doquier, así como troncos descabezados y desmembrados.

A los que estaban en la aldea les llegó la noticia casi de inmediato. No esperaron más, huyeron tan veloces como les fue posible llevándose apenas lo que podían cargar. Desde entonces, una calma pavorosa se adueñó del lugar; García de Arce y su jauría no volvieron a ser avituallados por los indios, así como ellos tampoco se atrevieron a salir en busca de abastos. De esa manera, fueron muriendo de a poco, de fiebres, de inanición, de miedo, hasta que llegamos nosotros a descubrir los despojos de la muerte.

Uno de los propios soldados de García Arce le narró al gobernador la terrible historia de aquella masacre, quizá creyó que don Pedro escarmentaría a su capitán por aquel despropósito homicida. Vana esperanza. El jefe de la avanzada maldita era más que el brazo derecho de Ursúa, era casi como su corazón mismo. En el islote de la muerte no había hecho más que replicar lo que su señor hizo con Bayamo y sus seguidores en Panamá. La carnicería de García Arce habría de quedar impune.

Fue entonces cuando nació en mí la plena certeza de que el gobernador, Pedro de Ursúa, nos encaminaba al infierno, que Dios no ocultaría su rostro ante tanto pecado que se cocía en los calderos de nuestra iniquidad. Sin embargo, ante esa convicción, mi lealtad combatía a favor de él. Dejé que tu loco amado, doña Inés, nos arrastrara en su demencia.

Desde el inicio de aquella maldita travesía todo salió mal, se hundieron las barcas, nos aglomeramos en las pocas naves que quedaron a flote y en las chatas en las que amontonamos a los indios que luego morirían por decenas durante el viaje. Las expediciones que enviábamos de avanzada para descubrir poblados y alimentos jamás regresaron. Pronto se agotaron las provisiones, no se cazaba nada en tierra, no se pescaba nada en el río. Vi a la gente comer las peores inmundicias para no perecer de hambre.

Sin embargo, yo aún confiaba en la guía del gobernador Ursúa.

Los indios de la región huían de nosotros, como si fuésemos apestados llevándoles los miasmas del juicio final. Encontrábamos aldeas abandonadas, sin riquezas ni víveres, salvo una que otra porquería podrida que ni los perros comían. Aun así hubo pendencias con sangre vertida a causa de un hueso agusanado o un pellejo tieso y resquebrajado.

Con todo, yo seguía del lado de don Pedro.

En medio de aquel averno de incesantes hervores, angustias y hambrunas, se fueron haciendo más constantes las voces de la conspiración. El pueblo que soporta aplastantes penas, tiene menos tolerancia hacia los gobernantes que se folgan inconmovibles ante la calamidad de su gente. Y hubo una voz que conducía tras de sí a las demás voces, una voz agria, pedregosa, inflamada en un odio eterno, la voz de Lope de Aguirre. A la vez que despotricaba contra el gobernador, alababa mi nombre; mientras arrastraba por el fango el apellido de Ursúa, elevaba mi estirpe hasta el sublime Olimpo y me llamaba «esperanza y salvación de los hombres».

Pero, mi lealtad seguía firme hacia don Pedro de Ursúa, gobernador de Omagua y la tierra entera de El Dorado.

No obstante, las tragedias no cesaron de seguirse unas a otras. A un explorador lo destrozó un jaguar. Un indio fue prensado por el mortal abrazo de una descomunal serpiente que surgió del agua. Uno de los últimos caballos que nos habían quedado fue devorado en segundos por un cardumen de sardinas carnívoras. Un caimán le comió las piernas a un soldado. La ira de Dios se había desatado sobre nosotros y, a pesar de la eterna jornada y sus incesantes penurias, no vislumbrábamos ni la más remota señal de la ciudad de calles y palacios de oro.

Mas yo seguía firme en el bando de tu príncipe amante, Inés.

Firme, hasta que llegó el momento ineludible de la decisión entre salvar a los pocos que íbamos quedando de aquel viaje de lunáticos o acabar con la gubernatura de Pedro de Ursúa.

Aunque no creas que cedí con facilidad.

—Nos van a colgar en Lima si nos amotinamos —dije yo a los conjurados.

—Estamos haciendo un servicio al rey al deshacernos del tirano —refutó Zalduendo, por su parte.

—Es sedición si no le hacemos un juicio justo —insistí.

—Si esperamos a un juicio, los que le son leales a Ursúa ya habrán regresado de la misión que les encomendó y lo defenderán, correrá mucha más sangre —dijo Aguirre con vehemencia; sus ojos soltaban pavesas de ira con cada palabra.

Los demás estuvieron de acuerdo con él. Pude sentir el peso sofocante de sus miradas y la amenaza de darme muerte ahí mismo si no convenía con ellos de una vez por todas.

Y te juro, Inés mía, que aún en ese momento yo era del campo del gobernador.

De pronto me vi arrastrado por un torrente de odio, de rabia acumulada, aguas embravecidas que manaron sin contención alguna llevándose consigo todo lo que estuviera al paso de su corriente.

Ya no pude pensar, no hubo tiempo de reflexiones. Sin darme cuenta cómo ni en qué momento, iba yo a la cabeza de los sublevados, blandiendo la espada hacia el bohío de su excelencia. No sé cómo ni por qué, pero yo repetía las conjuras, haciendo eco de las maldiciones que contra Pedro se proferían. El miedo me estrangulaba, la sangre me estallaba en las venas, una palpitación incesante pulsaba en mi cráneo y las piernas, las malditas piernas, no me obedecían, marchaban a toda prisa en la misma dirección en la que iba aquella turba asesina.

Mi corazón estaba con Pedro, te lo juro, nunca dejó de estar con él.

Ya estábamos a pocas zancadas del bohío cuando una fuerza inmaterial me detuvo. Quizás fue el último gramo de consciencia que aún forcejeaba en mi alma. Yo me paré firme. Mi pecho era presa de una agitación incontenible. Ya no sentía el miedo, tampoco ira, ni sensación alguna que pudiera definir. Tan solo me detuve, convencido de que aquello no debía ocurrir, que si bien Ursúa se había equivocado en muchas cosas durante la expedición, eran traspiés que cualquiera, incluso yo, podía haber cometido. Estuve a punto de ordenar a todos que se dispersaran. Quizás todo habría sido distinto, tal vez yo tampoco estaría ahora fermentándome a seis palmos bajo este suelo húmedo, a merced de los gusanos que comen mi carroña, quizás, pero no, no fue así. Una mirada de Aguirre bastó, aquel rostro demoníaco de ojos centelleantes y nubes de azufre coronándolo, los dientes amenazantes como los de un perro poseído por el frenesí de la caza.

Me tomó con fuerza por la solapa y me empujó hacia adelante.

—¡Camine su excelencia o le juro que aquí habremos de enterrar a dos en lugar de uno! —Me dijo.

Entonces seguí, ya nada me detuvo, empuñé con más fuerza la espada, planté cada paso con mayor firmeza, no pensé en nada más que en acabar lo más pronto aquella noche tan fría y tan caliente.

Pero te juro, Inés de Atienza, que hasta el último segundo, yo estuve del lado de tu amado Pedro de Ursúa.

Todavía cuando corría la sangre, su sangre, su sangre, su sangre, quemando mis manos, mis manos bañadas en su sangre.

Chestan Xefcuin, hermosa aún en el Uku-Pacha...

VI A LOS SEÑORES DEL Tahuantinsuyo matarse entre sí, hermanos con la misma sangre corriendo entre sus venas, sin mostrar piedad alguna ante su propia familia, con odio desmedido. Vi a los capacochas masacrando con el palo de trueno y con la fría hoja de sus espadas a nuestra raza. Bajo los mismos estandartes de ese dios que promete misericordias y vida eterna, despedazaron hombres, mujeres y niños por igual, sin el menor asomo de compasión o arrepentimiento. Por último, los vi a ellos mismos, a los hombres blancos, haciéndose trizas unos a otros como bestias rabiosas, todos peleando en nombre de ese mismo rey invisible que nos gobierna desde el otro lado del océano sin asomarse nunca por su reino desgraciado, algunos llegándose a matar entre padres e hijos, con una ira abismal, un odio nacido en las entrañas más recónditas, ira abrasante, de ese lugar al que llaman infierno y que nos trajeron con su religión y con sus curas.

Corrió la sangre, mi niña Inés, y sigue corriendo; un torrente rojo, como ese enorme río en el que navegaron tú y tu amante hacia la muerte, una corriente furiosa que se lleva a nuestros jóvenes en la flor de la vida.

Y ahora, al otro lado de la existencia, en los territorios de la muerte, puedo ver los días que vendrán y en ellos vislumbro, con una tristeza que es plomo fundido en mi alma, que la sangre no se detiene, sigue corriendo y con ella se ahogan la fuerza, la alegría y la esperanza. El vasallo, en nombre del rey, mata a su hermano vasallo. Los señores de la guerra usan como punta de lanza a los más pobres que se despedazan entre ellos mismos, con iracundo ímpetu, no hay tregua, no hay paz. Y la sangre sigue fluyendo.

¿Y sabes por qué se matan, mi niña hermosa? Ellos usan palabras grandilocuentes para justificar las masacres: libertad, paz, honor, patria, rey. Pero, a los que miramos desde el más allá, esas mentiras no nos engañan, desde aquí lo vemos claro, los hombres matan y mandan a matar por razones mucho menos elevadas: envidia, venganza, codicia y coño.

Mitaya Uitima,
espectro escuálido y parsimonioso...

¿SABÍAS QUE EL AMOR ESTÁ hecho con los mismos ingredientes que el odio, Inés? Por eso ambos son tan fuertes y tan viscerales, de tan profundas raíces que es casi imposible arrancarlos.

El idiota que ha enviado Aguirre a matarte no lo puede comprender. Él es solo un instrumento, impasible, insensible. Tan frío como el arma que empuña, la misma que quizás le dio el golpe mortal a tu Pedro. Por eso puede avanzar sin el más mínimo titubeo, sin importarle destruir tu belleza y sin tener en cuenta la ruina que provocará en el corazón del mismo que ha decretado tu muerte.

Mírate, tan fría como el hombre que viene a por ti. Mientras empuñas la daga, tomas el peine. Colocas el arma a un lado y comienzas a desenmarañar aquella corriente fluvial negra que forman tus cabellos.

¡Cuánto me gustaba a mí peinarte, tocar aquella cascada de oscuridad, tan tersa como la caricia de una nube!

Te causa placer sentir los finos dientes que se deslizan por ese río negro de tu pelo. ¿Sabes? Nos impresionaste cuando vimos la escena por primera vez: no esperabas la muerte, pero sí noticias de ella y allí estabas, tan fresca, peinándote como si tuvieras una cita con tu amante difunto.

¿Para quién es tu belleza, Inés de Atienza?

Viviste en un mundo de hombres, mi niña, esa fue tu desgracia, de nacer muchos siglos más adelante, tu imagen habría dado la vuelta al mundo trastornando machos no por centenas, sino por billones y ellos te elevarían a un altar de diosa. Pero a ti te tocó un tiempo salvaje en el cual demostraste tener más valor que los varones, eso los puso nerviosos, temerosos de ti, mi flor, que únicamente querías abrir tus pétalos para que un abejorro te chupara la miel y te comiera el polen.

Aguanta, Inés, que al ver lo que sigue comprenderás a cabalidad porqué te tocó tu destino; así podrás viajar en paz a los tiempos que prefieras. Solo ten paciencia, porque aún hay mucho que revelar.

Pero volvamos atrás, a la noche del infortunio, víspera de Año Nuevo, lúgubre y sangrienta.

Que hermosos se miraban tú y tu amante de pelo rojo, de llamas celestes en los ojos, anudados ambos dentro de la hamaca, envueltos en la pereza del coito nocturno, cuando, sin aviso alguno, el barrullo les hizo añicos el romance. Tres, cinco, diez hombres, invadieron el lugar donde tú y tu hombre-dios de piel pálida, cabellos de sangre y ojos de fuego azul, se enlazaban mañana, tarde y noche, descuidando los asuntos de gobierno mientras la expedición entera se iba al cuerno, diezmada por el hambre, las alimañas y las fiebres.

Ese fue el detonante de la revuelta.

Los sublevados sacaron a rastras a tu amante del bohío, desnudo, indefenso como un niño, y lo lanzaron al fango del campamento, en el lugar al que llamaban la plaza central de aquel miserable villorrio.

—¡Los hombres caen por decenas a causa de las fiebres! —, gritó Aguirre para justificar su traición—. Hemos perdido caballos y ganado, no tenemos comida y los que salen en busca de ella no regresan jamás. Omagua, el reino del cacique que se baña en oro, no aparece por ningún sitio y los indios que nos guiaban han desertado… ¡y todo por tu culpa hideputa! ¡Nos has traído a morir a este infierno verde mientras tú te follas a esa puta con ínfulas de reina!

—¡Esto es traición! ¡Os van a colgar! —, la voz de Ursúa sonaba desgarrada—. Tarde o temprano tendréis que regresar y entonces os cogerán y os colgarán a todos si persistís en este atropello. ¡Guzmán, haz algo por el amor de Dios!

Pero don Hernando de Guzmán, a quien, hasta ese momento, Pedro de Ursúa había considerado uno de sus principales lugartenientes, no hizo nada. Ocultó la mirada en la sombra para encubrir la vergüenza, mientras Aguirre ponía la punta de su sable sobre el cuello de don Pedro.

—¡Misericordia! —Gritó tu amante mientras tú te revolvías como fiera intentando liberarte del férreo abrazo con el que te retenían tus captores.

—Yo no os voy a matar —dijo Aguirre, pero su voz era la de la víbora, silbante, una amenaza de muerte certera—, os mata vuestra tiranía.

—¡Muerte al tirano! —El grito provino de las sombras y al instante el filo de una decena de cuchillos, menos el de Aguirre, hirió la pálida piel e hizo brotar la sangre, tan

137

roja que por su brillo obligó a los homicidas a entrecerrar sus ojos.

Pero Ursúa aún vivía. Tembloroso, sobre aquel charco de carmesí refulgente, intentó ponerse en cuartos. Entonces, de las sombras en donde se ocultaba, surgió Hernando de Guzmán con su espada en mano, y con la frialdad de un matarife, como un San Miguel iracundo que atraviesa a Satanás rendido a sus pies, la clavó en el cuello de tu amante, Inés.

—¡Ha muerto el tirano! ¡Viva el rey! —Repitieron una y otra vez las voces de los conjurados. Todas, menos la de Aguirre, quien no hacía más que ver con ojos de hielo a don Hernando de Guzmán, otrora íntimo amigo del recién ajusticiado don Pedro de Ursúa—. ¡Ha muerto el tirano! ¡Viva el rey!

—Que vivan mis cojones —dijo Lope de Aguirre para sí— y al rey que le den por el culo.

Maldito y mil veces maldito Aguirre, perro del diablo, que te violen y te pinchen los demonios por la eternidad.

Las ánimas en coro recitan:

Sangre

Esta maldita sangre
que nos ahoga,
no cesa,
no da tregua.

Su torrente arrastra
la flor en primavera
y el árbol roído
por la carcoma del miedo.

Implacable
viola nuestras gargantas,
anega nuestros corazones,
nos vuelve archipiélagos desconfiados,
islotes que tiemblan
de pavor y frío.

Iracunda
fruto de la tiranía,
de la verdad absoluta,
esta sangre
que nos llega hasta el cuello.

Sangre de inocentes,
de culpables,
noche envuelta en fiebres,
brea que mana del pecho herido,
maldita sangre que no te detienes,
maldita ira que no te sacias.

Don Hernando de Guzmán, con gusanos en la boca...

PODEROSO CABALLERO ES don Dinero. El poder es la puerta por donde entra el oro y el oro es también la puerta para el poder. Estas son verdades que uno no debe olvidar cuando se embarca en busca de dominios y fortuna. Si se está dispuesto a tener éxito en tal empresa, uno debe saber que estará solo, que no debe confiar en nadie, ni tener apegos. Por eso fracasó mi amigo, don Pedro de Ursúa, porque se confió. Por sobre todos los demás, esa confianza te la entregó a ti, Inés de Atienza.

—Nos vamos a bañar en el oro del príncipe El Dorado —me decía Ursúa en aquellas noches de insomnio en Santa Cruz, a varias leguas de donde languidecían los bergantines y las chatas en el río, todos los navíos varados en el sopor de la ardiente espera que él hacía por ti.

—¡Omagua! —Respondía yo alzando la copa para hacerlo sentir más animado.

Y de veras lo creí al principio, pero luego se arrastraron los días como una corriente de barro, a los días siguieron los meses de tortura en la selva, de aquel eterno manto de calor, de pegajosa humedad, de calamidades sucesivas y zancudos zumbando sin cesar, como una nube oscura sobre nosotros… Y Aguirre, ese loco que no paraba de trepanarme los oídos con aquellos susurros de rebelión.

141

Aguirre, siempre en medio de todo. Aguirre, repitiendo su cantaleta de tomar por Panamá para luego lanzarnos a la conquista del Perú y mandar a su alteza Felipe II al demonio, junto con toda su pacotilla de cortesanos. Aguirre, insistiendo que nos llevaban al matadero. Aguirre, sin parar, siempre Aguirre. Entonces, cuando ya el hambre nos había agujereado el estómago, cuando el ayuno se extendió por varios días, fue que decidimos deshacernos de don Pedro.

Debes saber, Inés, que mi intención no era darle muerte. Les pedí que dejáramos a Ursúa, junto a ti y al padre Henao, en Machifaro, el poblado indígena que habíamos dejado unas diez leguas atrás. Ahí ustedes podrían arreglárselas bien para regresar río arriba, hasta Santa Cruz.

No me veas así, lo de la estocada final que le di fue más por misericordia, para que dejaran de acuchillarlo, que me partió el alma verlo tan herido y desnudo sobre aquel suelo empapado de sangre.

Ahora ya está hecho, esta expedición necesita orden y tranquilidad para cumplir las disposiciones del rey y de su representante en las indias, el marqués de Cañete. Seguiremos rumbo por la línea equinoccial, doscientos sesenta y tres españoles, quinientos ochenta y cuatro indios yanaconas y veintiocho negros que parecen ser los únicos que sobrellevan bien el clima. Yo gobernaré sin las distracciones de la lascivia y la intriga, con la única intención de representar bien al rey en estas tierras.

Verás cómo la sangre ya no correrá más. Ya no se volverán a dar masacres como la de aquella noche, imposible de olvidar, cuando estos brutos destazaron a los noventa prisioneros indígenas del poblado que habíamos tomado unos días atrás y que manteníamos resguardados en aquellas jaulas hechas de varas y bejuco. Esa masacre que me hizo recordar la matanza provocada por García de Arce, tampoco quise que pasara, pero los hombres reventaban de ira. Los dardos ponzoñosos con los que a diario nos atacaban los indios ya se habían cobrado varias vidas y nos golpeaban la mente, incesantes, con martillos hechos de un terror que iba en aumento conforme pasaban las semanas.

Alonso de la Bandera, quien después habría de calentar tu colchón, fue quien nos alentó a la barbarie. Nomás comenzaron a protestar los prisioneros, La Bandera se cargó a uno de un arcabuzazo, a quemarropa, destrozándole la mandíbula y el cráneo en un solo tiro. A partir de ese momento, nadie contuvo a los soldados. Entraron a las jaulas y, a filo de espada, regaron tripas, rebanaron cogotes y abrieron cabezas en una orgía de sangre que me repugnó al grado de provocarme vómitos.

Yo no quería eso, créeme Inés, por lo que más quieras, créeme.

El que gobierna no puede ser siempre bueno, porque su mando es sobre bestias irascibles, caprichosas, que nunca se satisfacen; jamás permanecen agradecidas por más de una jornada, no importa el bien que hagas por ellos. Así que, de entre los malvados, el que reina debe ser el mayor de ellos, el más sanguinario, el más cruel, el más hideputa.

Sé que es extensa la red que has tendido para vengar la muerte de tu amante, no soy ingenuo. La Bandera, Zalduendo... has ido levantando campo a tu favor, Inés, pero yo no soy tu enemigo. Yo no quise matar a don Pedro de Ursúa.

Enfila tu daga hacia Lope de Aguirre, ese es el demonio acampando entre nosotros. No tiene dios, ni tiene rey. Vive para el odio y aunque sus ojos te codicien, su corazón es de pedernal y nunca tendrá paz hasta que haya acabado contigo.

Yo no quise, Inés, jamás deseé que nada de esto pasara.

Su excelencia, el virrey, tiene la mirada fija en el ventanal desde el que se observa el cielo plomizo del invierno. La Ciudad de los Reyes se estremece con el soplo de la brisa fría que viene del mar y que le hiela aún más el corazón. Lo tiene postrado en su cama, presa de los dolores de la reuma y las congestiones de sus pulmones colapsados. Aún no se acostumbra al hecho de que, en la época del verano europeo, haga frío en esta tierra remota. Pero el frío o el calor son lo que menos le importan en ese día de postrimerías de la estación. Su mente viaja a centenares de leguas de distancia, a través de la sierra de colmillos nevados que rasgan el cielo, desciende por los barrancos de nieblas eternas, atraviesa la verde espesura de la jungla que se cuece en su propio hervor y navega por el río de aguas marrones que por momentos parece un mar siniestro, lleno de criaturas mitológicas, hediondo a muerte y terror. Le han contado que Ursúa aún no ha partido a su misión y el retraso puede significar una catástrofe, sobre todo ahora que su destitución del virreinato es inminente. Los envidiosos oidores, los vengativos familiares de los apresados, desterrados y ajusticiados, han logrado envenenar el corazón ingrato del emperador Felipe II, niñato estúpido que ha preferido ignorar todo lo que el marqués Andrés Hurtado de Mendoza hizo por su padre, Carlos I. Las sendas del destino del virrey se bifurcan en lo profundo de sus propios pensamientos. Si no logra acceder al tesoro fabuloso de los omaguas, si el tiempo se le agota minado por las dolencias que le están drenando la vida, al menos habrá librado al Perú de aquella hueste de rebeldes y patibularios, pero ese es un consuelo demasiado débil para el destino que sabe le están cocinando en España. Si sobrevive y regresa a la corte, buscarán ponerle los grilletes y revolcarlo en la ignominia. ¡Puta mierda, la ingratitud de los reyes, la eterna insatisfacción del pueblo y la insaciable codicia de los traidores!

Un soplo de hielo le recorre las venas y de pronto se le hace difícil respirar, quiere decir algo, pedir ayuda, pero la voz se niega a salir y entonces…

V
EL REINO DE LAS TINIEBLAS

…el signo que los margina, ya nunca se borró,
te maldigo, claman los hijos de Abel,
a la diestra de su señor, el poder.

José Luis Campuzano Feito y Mercedes Sánchez Llorente
Hijos De Caín - Barón Rojo

García de Arce, noble caballero quien ahora es banquete de bichos...

DESDE NUESTRAS PRIMERAS aventuras en esta tierra retuve en mi paladar el sabor de la gloria, pero Omagua, ¡ah, Omagua!, me trajo este gusto a tierra y gusanos que es parte de mi condena por toda la eternidad. Al lado de tu amante, doña Inés, saboreé los placeres de la juventud y la conquista. Nos vimos apretados en múltiples lances, cierto, pero la audacia de don Pedro y su ingenio siempre nos llevaron a buen suceso, ¡y cómo lo disfrutábamos! Teníamos a nuestra disposición todos los beneficios que atrae el buen nombre. Gozábamos el favor del mismísimo virrey. Las más hermosas doncellas castellanas que habitaban la Ciudad de los Reyes suspiraban por nosotros y más de una nos entregó su virtud con envoltura de amores. Todo fue un soplo de viento: la mocedad, las caricias de Venus, la fama y los placeres de la fortuna.

Desde que vi a mi señor, loco de pasión por ti, la certeza de que un vendaval estaba por llevarse nuestros días halagüeños se sembró en mi cabeza. Por eso intenté apartarlo de aquella lujuria que le había ablandado el ímpetu, reduciendo su voluntad a los juegos de cama en los que os embelesabais de continuo, entre las sábanas de tu lecho. Los barcos se pudrían a orillas del río sin que don Pedro se animara a partir, buscando siempre excusas para continuar prendado a tus tetas y encadenado a tus muslos. Te odié, Inés, créeme que sí. Los celos me invadieron porque sentí que habías destruido el vínculo de éxito que nos unía. Te convertiste en el único territorio que el anhelaba conquistar, sin tregua, sin descanso, su razón de ser era asaltar tu vientre día tras día y pavonearse como único dueño y señor de tu territorio venéreo.

Cuando por fin lo vi llegar al puerto, me sentí aliviado, la esperanza de nuevas hazañas brilló en mi pecho, ¡pero cuán poco habría de durarme la dicha! En breve llegaste tú, con tus ínfulas de princesa y tu caravana de mulas cargadas de vestidos y tesoros, dispuesta a entronizarte como gobernadora y regente de nuestra expedición.

Yo entendí que él era feliz. En mi ingenuidad pensé que, al menos estando tú a su lado, él se embarcaría con entusiasmo en hacer que la flota zarpara y que nos embarcáramos en la más gloriosa gesta castellana en el Nuevo Mundo. Pero la modorra que le provocó tu sexo húmedo y salvaje habría de perseguirlo, como una maldición, hasta el último de sus días.

Cuando me encomendaron la misión de guiar una avanzada en busca de avituallamientos, me sentí aliviado. Aquello me mantendría enfocado en otras cosas que me harían sentir un verdadero avance en la expedición. Poco sabía yo, entonces, que me estaba metiendo en la garganta del infierno.

Fue un avance demencial en aquel territorio del Amazonas, lamidos por el calor pastoso de la selva, aguijoneados por todos los bichos hambrientos de nuestra sangre, a merced de los lagartos por la noche y de los dardos de invisibles enemigos en el día. El averno masticándonos de a poco. Cuando llegamos al final de nuestras raciones, nos quedó afrontarnos a otro enemigo peor: el hambre.

No es que quiera excusar lo que hicimos con los indios en el islote, pero para ese entonces, nuestros sesos deshidratados en medio del bochorno de la jungla, nos volvieron temerosos de todo. Esperábamos, en cualquier momento, el ataque traicionero, mil torturas indecibles y el monstruoso destino de ver cómo nos devorarían aquellos antropófagos estando nosotros aún con vida y siendo testigos de la manera en que engullían nuestros propios miembros, todavía humeantes en sus caldos de inmundicia.

Cuando vuestra llegada providencial nos liberó del suplicio del miedo, ya era muy tarde para nuestra cordura. Yo no volví a ser el mismo joven gallardo y seguro de sí, debiste haberlo notado, Inés. Lo peor era que la persona a la que yo más adoraba, mi señor, don Pedro de Ursúa, tampoco era ya el mismo, no podía hallar yo refugio y seguridad en él.

Muchos lo murmuraban a mi espalda. Decían que yo era un espectro que deambulaba en medio del campamento, un alma en pena atrapada entre este mundo y el otro. En efecto, era así.

Ya no podía estar entre cristianos. La sola presencia de la gente me infundía un pavor profundo que me succionaba el tuétano de los huesos y me dejaba presa de incontrolables temblores. Me dolía el espíritu tan fuerte que me doblegaba a vomitar hasta las tripas en violentas arcadas. Mi mayor deseo era desaparecer de aquel campamento maldito.

Por esa razón no estuve al lado de mi señor, don Pedro, la noche que llegaron a asesinarlo, que si hubiese estado habría dejado mi pellejo junto al de él, que Dios lo tenga en su gloria, aunque me parece haberle visto de lejos en este infierno.

En mi afán por salir de esta boca del hades, me ofrecí, unas semanas antes del Año Nuevo, a partir en una patrulla de reconocimiento, con el fin de averiguar qué había en el territorio selva adentro. En efecto, los primeros días de aquella aventura sentí que volvía a ser el mismo de antes. Me despertaba con renovado vigor cada mañana y conducía al grupo, con paso entusiasta, unas cuantas leguas antes de hacer un alto para descansar. Así seguimos por varios días antes de que una opresión aciaga se prensara de mi corazón.

Ordené que regresáramos de inmediato. Una urgencia terrible por volver al campamento me devoraba las entrañas. Cada mata, cada zarzal, cada cerro, cada escollo, se volvieron mis enemigos mortales. A golpe de sable, entre imprecaciones y gruñidos salvajes, nos fuimos abriendo paso por la espesura en una febril carrera de retorno a la aldea de Mocomoco. A medida que avanzábamos, la tenaza en mi pecho se volvía cada vez más insoportable. Tanta era la ansiedad, que avanzamos incluso de noche, mucho más allá del ocaso.

Pero, cuando al final llegamos, ya era demasiado tarde, el perro de Aguirre y los traidores de Guzmán, Zalduendo, La Bandera, el Canario Vargas, Pérez, Montoya, Villena,

Hernández y Serrano, ya lo habían asesinado y mandado a enterrar en una tumba miserable afuera del villorrio.

No pude llorarlo en público. Nomás llegamos a Mocomoco y nos apresaron. Fuimos conducidos ante el nuevo gobernador, el hideputa Hernando de Guzmán. Allí, a su siniestra, estaba el cojo maldito, Aguirre. Sus ojos eran dos arcabuces dispuestos a reventarme el cráneo y el pecho; su sed homicida era evidente. Lo único que parecía contenerlo era la presencia de Guzmán, quien tuvo a bien explicarnos las causas del motín contra don Pedro y el posterior ajusticiamiento al que lo sometieron. Alegando ser hombres de bien y de haber actuado en nombre del Rey —al solo nombrar a Su Majestad, Aguirre escupió al suelo un gargajo espeso y verdoso—, deseaban darnos la oportunidad de unirnos a su bando y dejarnos en paz si así lo hacíamos.

Acepté. Necesitaba ganar tiempo y fuerzas para vengar la muerte de mi señor. Aguirre no me quitaba la vista de encima. Yo sé que él conocía mis pensamientos. Tiene un demonio particular que le susurra los secretos que guardamos en el corazón. Así que debía actuar rápido, no tenía tiempo para vacilaciones porque aquel engendro de Lucifer iba a hacer conmigo lo mismo que yo planeaba hacerle, la cobertura del nuevo gobernador no me duraría mucho.

Apenas salí del bohío del Hernando de Guzmán, mi mente ya iba haciendo la lista de aquellos con quienes podría contar para un levantamiento en contra de los amotinados. Pero, mi capacidad de moverme estaba muy limitada, habían colocado al negro Bemba y a cinco soldados de confianza de Aguirre para estar vigilando todos mis pasos, día y noche. Pero no me di por vencido. Recordé las jornadas angustiosas, junto a don Pedro, en las que todo era oscuridad a nuestro alrededor y la certeza de un final trágico hacía sombra sobre nosotros, pero el brillo de sus ojos, su estampa gallarda aún en la adversidad, su confianza en la cercana gloria, nos inspiraban y hacían que nos alzáramos hacia la victoria. Ese recuerdo me dio valor. No tuve la menor duda de que con un puñado de fieles podíamos acabar con Lope de Aguirre y de esa forma sería más fácil controlar al usurpador de Guzmán y al campamento.

Fingí continuar en la locura y la melancolía que me habían caracterizado semanas antes en la aldea, no fue difícil hacer que me creyeran dado que todos recordaban mi estado en aquellos días. Fue así como, sin despertar sospechas, fui organizando a todos los leales a mi causa. Pronto tuve a mi favor a media docena de ellos. Eran más que suficientes para llevar a cabo mi plan, era sencillo: matar a Aguirre. Para ello, contaba con mi puntería. Mi capacidad con el arcabuz era ya legendaria entre la población castellana e indígena del Perú. Tenía la plena confianza que, si lograba ocultarme con mi arma en una posición lo suficientemente alta para poner al cojo bellaco a punto de tiro, acabaría con ese engendro de Satán y libraría a la expedición de males mayores.

Desde aquel día que me vi en posición de llevar a cabo la empresa, cuidé mi arcabuz con el mayor mimo, lo revisé con todo primor para prevenir cualquier falla en su mecanismo. También mantuve mi papel de lunático para poder deambular en busca de un punto ventajoso desde donde hacer el disparo. Juro que tomé todas las precauciones del mundo, realicé todo con la mayor paciencia posible para no delatar mis intenciones, mantuve el más estricto secreto. Por tanto, lo que decían de un demonio que le susurraba cosas al oído de Aguirre debió haber sido cierto, porque a pesar de todas mis precauciones, de todos mis cuidados, una mañana de cielos plomizos el negro Hernando Mandinga y dos esclavos más llegaron a mi bohío, me sacaron a rastras, me llevaron a un campo en el extremo del villorrio y allí, junto a Jesús Fernández Hinojosa y Camilo Aragonés de Jaén, dos de mis fieles, nos dieron garrote.

Me pusieron de rodillas, amarrado de brazos y tobillos, Mandinga detrás de mí. Él pasó la soga por mi cabeza y la anudó a mi cuello. No les di el gusto de verme acobardado, tampoco pedí clemencia por mi alma ni la de mi gente. Clavé mi vista al suelo y no la levanté jamás de ahí. El negro comenzó a girar el garrote al que estaba unida la soga, el lazo fue hiriendo con su rugosa superficie la piel de mi cuello, el escozor era como un fuego enredándoseme en el pescuezo. Giró aún más el garrote y el aire dejó de correr por mi garganta, más presión, sentí como si mi cabeza se fuera hinchando, me palpitaba la sangre en las sienes, había fuego en mis ojos, mis pulmones estaban vacíos, apenas escuchaba las risas y burlas de los negros que decían: «mató sin piedad ni castigo a aquellos cuarenta indios, así que va derecho al infierno». Solo hasta entonces caí en cuenta de la certeza del fin, no más batallas, no más glorias, descanse en paz… o, más bien, sufra las penas eternas del infierno.

Me convertí en el primer cadáver, después de mi señor

Ursúa, de aquel reino de la tinieblas de Lope de Aguirre, el primero de los desaparecidos. Ya estaba muerto cuando tronaron los huesos de mi cuello.

Inés de Atienza, entre las nieblas del otro mundo...

¿POR QUÉ NO ACUDISTE A MÍ, García de Arce? Aliados pudimos haber sido temibles. Yo te conocía bien, Pedro me habló muchas veces de ti, estaba enterada de tu audacia y de tus habilidades como guerrero. Pensé que depondrías la aprehensión que muchas veces me mostraste para vengar a tu señor y cobrarte su inocente sangre vertida por el fango de esta tierra infernal. En ningún momento creí tu actuación de melancólico y derrotado, porque conocía de tus historias, de cómo junto a mi amado habías roto cercos más angustiosos y mortales del que después del motín te tendió el canalla de Aguirre. Tracé un plan en el que juntos vencíamos al traidor y tomábamos la expedición en nuestras manos. Solo esperaba que te acercaras a mí.

¡Pero que ilusa fui! Si al fin eras hombre, macho español, toro de lidia, espada inquieta, arcabuz invencible. Como tal pensaste que no necesitabas de una mujer que te apoyara en tus planes, mucho menos yo, la que, según tú, había hechizado a tu amo precipitándolo a la desgracia. Despreciaste mi capacidad de urdir intrigas y tejer conspiraciones. ¡Ay hombres que se olvidan que Dios fue mujer antes que los patriarcas lo convirtieran en hombre para defender su potestad sobre las hembras! Nosotras gobernamos con poder y buen juicio miles de años antes que vosotros os alzarais soberbios con una nueva religión y un nuevo gobierno. En los anales de los pueblos del Perú se cuentan historias de reinas invencibles que trajeron gran prosperidad a sus pueblos. Pero la fatalidad hizo festín con vuestra ignorancia y vuestras ínfulas.

Ahora henos aquí, condenados a repasar nuestros errores, a caminar con la cabeza volteada hacia nuestras espaldas. ¡Malhaya la hora en que decidiste ignorarme!

Los siglos nos observan y dirán: «pobre doña Inés, víctima inocente, hermosa doncella de trágico final». ¡A la mierda con sus lamentaciones! Que cada uno asuma sus culpas y ya. Mi yerro fue esperarte cuando yo debí haber tomado la iniciativa. Debí ponerte los arreos para la batalla y montarte como a un cancerbero furioso vomitando llamas y arrasando con todo el que se te pusiera por delante, García de Arce. Solo fuiste audacia y fuerza, te faltó el cerebro. Yo, que desbordaba en ideas, no tuve la fuerza que se necesitaba de complemento. Pero, casi lo logro, García de Arce, casi llegó a donde tú jamás lograste alcanzar.

Los susurros de las ánimas...

DIEGO JIMÉNEZ de Mendoza: «fueron diez los que entraron a la cabaña del gobernador Ursúa, todos lo atravesaron sin piedad. Unos por venganza, otros por celos y otros por envidia. Don Hernando le dio la estocada final, con su espada le atravesó el pescuezo».

PEDRARIAS DE ALMESTO: «llegué de inmediato, en cuanto oí los gritos. Ahí estaba, en medio de la estancia, cruzado de hierros como toro de sacrificio, en brazos de doña Inés. Bajo ellos había un inmenso charco de sangre. Los conjurados levantaban las espadas y gritaban a viva voz».

MARÍA, LA NIÑA nativa, doncella de doña Inés: «ella, mi señora Inés, le dio un beso y después, con él aún en brazos, alzó el rostro para gritar, pero solo el silencio salió de su boca, tenía la angustia anudada en la garganta».

MITAYA UITIMA: «ese perro de Aguirre apuntó su espada contra mi niña y le gritó: —puta—, iba a degollarla, el diablo estaba en su mirada. Entonces, Lorenzo de Zalduendo se interpuso para salvarla. Puso su pecho entre ella y la punta de las espadas de los traidores. Alguien dio la voz que se acercaba el teniente general, don Juan de Vargas y dejaron a mi Inés. Zalduendo la tomó, con las manos manchadas de la sangre todavía tibia de mi don Pedro. Después se llevó a Inesita con él y la puso bajo su protección».

JUAN, EL NEGRO: «yo sabía, los oí decir lo que iban a hacer y corrí a contarle al gobernador. Esperé a que el señor Ursúa saliera de su bohío, pero nunca apareció. Le conté a Hernando, su criado, para que le pasara el mensaje urgente, pero no lo hizo. Tantas alarmas había recibido sueselencia que no creyó que mi mensaje fuera de verdad urgente».

BARTOLOMÉ GARCÍA: «el teniente general, Juan de Vargas, llegó pronto, demasiado quizás, porque llegar le costó la vida. Iba guarnecido con cota y peto, pero los demás lo rodearon, lo despojaron de armas y armadura y, sin mediar palabra alguna, Martín Pérez lo atravesó con su espada por debajo de la axila y lo dejó muerto ahí mismo».

JUAN DE VARGAS apodado el Canario, para distinguirlo del otro Juan de Vargas que fue teniente general de Ursúa: «lo que Aguirre nos dijo me parece muy sensato. Ursúa era la mano derecha del marqués de Cañete y cuando partimos en este viaje corrían rumores de que el emperador estaba por nombrar a otro virrey, porque el marqués quería alzarse contra la corona. Así que no nos van a juzgar por haber acuchillado al tirano, porque era parte de la conjura contra el rey».

JUAN NEPOMUCENO Qhauwa: «ese es un asunto de hombres blancos, un pleito entre caballeros españoles, es mejor no meterse. De todos modos nadie se metió, quiero decir, nadie de los blancos. Muchos decían que eran amigos del señor gobernador, pero nadie protestó, todos se quedaron callados, era como si la muerte les hubiera sellado la boca con un toque de sus dedos huesudos».

MARÍA DE SOTOMAYOR: «yo sé que mi amante, Zalduendo, la desea, por eso se unió a los conjurados, para ver si de esa manera mete a doña Inés en su cama. La viuda sabe que su situación es precaria, Aguirre la quiere matar. Ella es astuta, está intentando acercársele al nuevo gobernador, Hernando de Guzmán. Pero ese no atiende mujeres, solo le interesa el poder. Aunque ahí está Alonso de la Bandera, él también codicia a la cholita y yo voy a ayudarlo a poseerla. Es lo que más me conviene».

PEDRO PABLO SÁNCHEZ Blanco: «nos convocaron a la plaza del villorrio para firmar un documento que, según el nuevo gobernador Guzmán, haría que el rey nos perdonara a todos. ¿A todos?, pregunto yo, pero si yo no lo maté, no participé en eso. De igual manera, había que firmar y todos firmamos, con el filo de la espada sobre nuestros cogotes, asegurando que don Pedro era un tirano y un hideputa que nos llevaba a la perdición en aquella espesura hambrienta de carne blanca. Pero, entonces vino el loco Aguirre, quien no estaba de acuerdo en escribirle excusas al emperador Felipe II y firmó de último poniendo la palabra «traidor» después de su nombre. Esto provocó un pleito muy fuerte con La Bandera, quien se mantenía firme en que la muerte del gobernador era un servicio al rey, a lo que Aguirre respondió con burla y un escupitajo a los pies de La Bandera».

JUAN TORRALBA: «mi señor Aguirre tiene el temperamento muy airado, no es aconsejable oponérsele. Pero, don Hernando es el nuevo gobernador, príncipe le llama el mismo Aguirre y hay que obedecerle. Él nombró maese de campo a mi señor, lo elevó y le dio título merecido. Por eso don Lope le debe respeto. Así que cuando Aguirre quiso arrestar y matar a los partidarios de don Pedro de Ursúa, no tuvo más que frenarse y obedecer a don Hernando, quien le prohibió hacer aquella barbaridad».

CRISTÓBAL LOAISA: «a todo el que mostraba pesadumbre por la muerte de Ursúa lo llevaban preso. Al que mostrara desánimo, recelo, temor; lo llevaban preso. Si dos murmuraban en un rincón, el maese de campo ordenaba que los llevaran presos. Una sola mirada bastaba y te llevaban preso. Estar en el calabozo llegó a ser lo más común en aquellos días».

IVÁN DE JUÁREZ Villas: «el que daba las órdenes era Lope de Aguirre, iba y venía por todo el lugar disponiendo, organizando, encarcelando. Al principio no sabíamos quien gobernaba de verdad, creíamos que era él. Pero, pronto se nos aclaró que el nuevo gobernador era don Hernando de Guzmán. Él, lejos de mostrar alegría por su nombramiento, tenía el rostro demacrado, con grades bolsas de desvelo debajo de los ojos enrojecidos. Él proclamó maese de campo al Loco Aguirre».

JUANILLO DEL TORREÓN: «se nos prohibió, bajo pena de muerte, hablar en voz baja. Estábamos obligados a hablar siempre alto y claro para que se entendiera lo que dijésemos. También, se proclamó un toque de queda desde la puesta del sol hasta el alba del día siguiente, quien se atreviera a salir de noche sin permiso sería ejecutado en el acto. A partir de ese momento, el miedo nos enrolló el alma como una de esas monstruosas serpientes que nadan en el río».

CRISTÓBAL HERNÁNDEZ: «manché mis manos con sangre para deponer a un tirano y lo que hice fue alzar a otro peor. Tirano y loco, Lope de Aguirre. El maese de campo puso el cáñamo del garrote vil sobre nuestros pescuezos y dejó que su maldito esbirro, el Negro Bemba, se divirtiera a sus anchas matando a todo cristiano que cayera bajo la más leve sombra de sospecha. Aguirre nos habló de libertad, en nombre de ella nos metió miedo de que algunos traidores atentarían contra la revuelta y bajo el filo de ese miedo nos sometió a su voluntad, negándonos la libertad prometida. Mandó a la Torralba y a María de Sotomayor que le bordaran una bandera: el pendón del reino de la libertad, dijo; un blasón negro, como las tinieblas de su alma y encima, dos espadas rojas carmesí, como la sangre que corría en el campamento y que seguiría corriendo en un flujo eterno en nombre de la tal libertad».

JUAN PRIMERO: «la gente comenzó a desaparecer. Estabas de pie, bajo un árbol y ¡zas! Desparecías. Estabas haciendo unas tortas en el fuego de tu cabaña y sin que nadie supiera cómo, desaparecías. Desparecieron blancos, indios, negros, hombres y mujeres se vaporizaban en el aire. Nadie los volvía a ver, nunca más. Bastaba con que hablaras en susurros, con que te pusieras a platicar en un rincón o con que dijeras una palabra a favor de la memoria de don Pedro de Ursúa, por poca cosa, luego desaparecías. Dios guarde en su seno a tanta gente que hicieron perdidiza».

ALONSO ZALDÍVAR y Núñez: «uno puede pararse y enfrentar al enemigo que conoce, al que uno sabe que viene, daga en mano, a desollarlo sin misericordia. Pero, ¿cómo se puede enfrentar con valor a lo que no vemos, a la sombra que se funde con la noche y que camina calzado de silencio? Yo estuve en muchas guerras contra moros y cristianos, enfrenté indios y piratas, protestantes luteranos, blancos, negros, mestizos y ante ninguno di marcha atrás. Pero juro que me cago ante el enemigo que no puedo ver, al que se agazapa en el corazón traicionero de uno que dice ser mi hermano, al que se esconde en la lengua delatora de un Judas, a quien desenvaina el puñal a mis espaldas mientras me da un abrazo. Aguirre nos puso a todos contra todos. Yo espiaba a mi vecino y él me espiaba a mí; al que corriese primero a denunciar al otro le podía significar un día más de vida. Pero, ¿valía la pena vivir un día más en ese infierno? No sé por qué nos aferramos a una vida que es tortura constante. Así de grande es nuestro miedo a la muerte».

CARLOS CEDEÑO, el manco: «¡Tengo miedo, mucho! Es un gusano descomunal que se ceba de mi alma. ¡Todos vamos a morir! ¡Maldita la hora en que nos embarcamos! ¡Todos vamos a morir!».

De nuevo, don Hernando de Guzmán desde su tumba...

VINISTE A MÍ EN BUSCA de protección, yo sabía que la necesitabas. Las intenciones de Aguirre eran obvias desde el día de la conjura. Si no hubiera sido por Zalduendo, esa misma noche habrías acabado junto a tu marido, Inés de Atienza, tu sangre mezclada con la de él.

No hacía falta que me mostraras tu escote. Estoy muy consciente de tus encantos. En más de una ocasión vislumbré tu desnudez a través del mosquitero con el que Ursúa fingía ocultarte de mi mirada. Creo que era un placer perverso de él, mandarme a llamar cuando aún dormitabas, sin más vestido que tu piel, en el sopor después de la fornicación. Me ordenaba entrar al aposento donde me recibía a medio vestir mientras tú te desperezabas, a contraluz del sol que penetraba entre las rendijas de las paredes de ramas y barro. Pedro quería despertar mi envidia, me miraba fijo para descubrir mi concupiscencia. Aunque se equivocó, siempre se equivocó. La mujeres son una tentación que puedo dominar.

En fin, no tenías que venir a seducirme para obtener mi protección, con ella podías contar en toda circunstancia. Sin embargo, ahora sé que no era mi apoyo el que buscabas, fuiste a buscarme por otra razón.

Varios días pasaron después de la muerte de tu marido sin que nadie en la expedición escuchará un solo lamento tuyo. Creímos que eran tan grandes tu espanto y dolor, que se te había secado la fuente de las lágrimas, que en tu pecho se atoraban los gemidos que deseabas dar. Tuve que morir primero y ver todas las cosas como se ven desde el más allá, para que me enterara de que en realidad lo que ocurría en tu alma atormentada era el cocimiento de una venganza sin piedad, una determinación por hacer correr la sangre de todos los que acuchillamos a Pedro de Ursúa. Por eso tus palabras, en aquel momento en que te convenciste de que la belleza de tu carne no iba a poder atraparme en tu trampa. Por eso, con toda la perfidia de la que solo tú eras capaz, me inyectaste el primer aguijonazo de veneno.

—Ahora el poder está en vuestras manos —dijiste—, y eso traerá nuevo orden a esta campaña, esa fue vuestra razón para matar a vuestro amigo y gobernador, ¿no es así?

—Ni tú, ni ninguno de nosotros íbamos a sobrevivir si hubiéramos permitido a don Pedro continuar con su locura —te dije.

—Eso ya no lo sabremos jamás —fue tu respuesta. Aún recuerdo el hielo que se hacía sentir en cada una de tus palabras.

Bajé la mirada, entonces tú pronunciaste aquella frase que emponzoñó mi alma.

—El poder es una ilusión peligrosa, señor gobernador, porque nadie llega a poseerlo en realidad, sino que es poseído por la ambición de retenerlo. Cuidaos de los que os han entregado ese poder.

—¿Y por qué habría de cuidarme de aquellos que ponen

sus cabezas en riesgo, confiando en mi buen gobierno?

Debo confesarte que tu sonrisa al oír mis argumentos me heló la sangre. Luego, se me anudó la garganta cuando respondiste:

—Porque los que mataron a Pedro no tendrán reparo alguno en degollaros en el momento en que vos ya no les sirváis más.

Inés, la más bella de todos los muertos...

LOS HOMBRES JAMÁS ENTENDERÁN el amor como lo entendemos las mujeres. Para nosotras, amar es abrigo, seguridad, protección; para los hombres, en cambio, es conquista, dominio, lujuria.

Por eso tuvisteis la indecencia de matar a mi marido ante mí, en el lugar en donde nos amábamos, estando él aún desnudo y cubierto del aroma de nuestros ardores, porque no comprendisteis, no alcanzasteis a vislumbrar que aquello era amor y que daría como fruto un mundo nuevo para todos. No pudisteis ver que en mi arrullo, el corazón de ese hombre iba a gobernaros con bondad, procurando vuestro bienestar.

No entendisteis, ni entenderéis nunca, hombres.

Pero, yo tampoco entendí en ese entonces, por eso busqué a Hernando de Guzmán, porque creí que tenía un corazón palpitante y cálido, dispuesto a recoger en su seno a una viuda bella y desamparada. No obstante, su corazón era más frío que su espada traicionera, el impasible príncipe de los marañones... y no entendió nunca.

El único amor posible para él era el poder.

Más no abatió mi ánimo. Al salir de su cabaña llevaba una idea fija en mi mente: ya llegará su hora.

Alonso de la Bandera,
con dos demonios devorándole las tripas...

RECUERDO AQUELLA NOCHE en que, desde lo alto del bergantín, te quedaste viendo aquel inmenso río que parecía un mar pardo y agitado, Inés de mis amores. Tu rostro era un canto al amor, tu cuerpo una invitación a la lujuria. Ver tu piel que se había bañado con la luz dorada del sol era una invitación a los placeres de Venus. Tu pelo era una canción melancólica, manto nocturno, infinito en su extensión, volando al capricho de la brisa que había venido para aliviarnos de la opresión del calor, ¡y eras mía! Cuánto había anhelado yo aquel momento. Te deseé desde la tarde en que llegaste a Santa Cruz, envuelta en tu velo de misterio, en pos de tu amado Pedro. Aún mucho antes de verte te codiciaba, pues tu fama ya había anidado en mis oídos: la mujer más bella del Perú, la que mata de amor.

Te mirabas tan hermosa mientras contemplabas una densa nube de luciérnagas que, desde lejos, venía hacia nosotros y a la ribera del río que estaba a nuestro costado. Era de un tamaño descomunal. Con seguridad venían de muy lejos, de la invisible costa opuesta de aquel río por el que navegábamos. La distancia que habían surcado con sus lucecitas fulgurantes fue, sin duda, demasiada para ellas porque antes de que llegaran a alcanzarnos, la nube descendió sobre las aguas y ahí se ahogaron todas.

En ese momento te vi llorar, jamás te había visto hacerlo.

No lloraste durante el luto después que matamos a don Pedro. Guardaste un silencio que daba miedo. Durante días, semanas, meses, estabas lejana, inalcanzable. Fue hasta que la nube de luciérnagas se ahogó sobre el inacabable Amazonas que derramaste tus lágrimas.

Recuerdo bien lo hermosa que te mirabas, lo solitaria y pensativa… qué habría de saber yo de las tempestades que fraguabas en tu alma. Solo pensé en las palabras que dijiste:

—¡Tantas muertes en un instante! ¡Miles! Tan bellas y tan miserables, ¡tantas, tantas! Yo quiero vivir, pero necesito la muerte.

Quedé pensando tanto tiempo en aquello, así como pensaba en ti, en tu piel, en tu boca. Me pareciste hermosa y terrible a la vez, como una diosa que hace brotar de su vientre la vida y de sus labios la muerte. Eso despertó en mí, aún más, mi deseo, mi necesidad de poseerte, Inés de Atienza, de saberte mía en cada segundo hasta la eternidad.

El hideputa de Aguirre lo sabía, que mi mente y mi alma estaban en tu poder. Que mientras mi piel hacía de la tuya territorio de placeres, tú me susurrabas palabras de sedición. Ese demonio puede leer las mentes, todo lo sabe el cabrón enano y cojo de Lope de Aguirre.

¡El poder nos cegó a todos y nos hundió en esta jungla de locura!

Aquel día, el día en que Antón Llamoso y el mestizo Francisco de Carrión vinieron a matarme, yo tenía en mi mano el puñal con el que iba a degollar a Aguirre. Hubo premoniciones que no vi con claridad hasta ahora. José Jaén, mi paje, vino a decirme, a primera hora, que una sombra había rondado mi cabaña la madrugada de ese día. Agregó que este espectro había exclamado un avemaría y lanzado un sollozo muy hondo. Esa misma mañana, tres enormes mariposas negras entraron al lugar donde yo dormía, luego se posaron en las vigas del techo. Ninguno de mis criados pudo espantarlas hasta que ellas, por su propia voluntad, salieron. La suerte ya estaba echada.

Yo no alcancé a ver la fatalidad, enfrascado como estaba en la trama para eliminar a Aguirre. Don Hernando ya me había dado una autorización tácita, él también le temía al cojo asesino y quería desaparecerlo de una buena vez.

—Ese nos mata a todos antes de Pentecostés, si no actuamos —le dije a don Hernando.

—Tiene hombres muy leales que no se apartan de él nunca —fue la respuesta que me dio.

—Yo sé cómo y cuándo.

—¿Y entonces? —me dijo él y con eso supe que me respaldaría si yo eliminaba al loco Aguirre.

Bien sabía yo cómo y cuándo. Él solía dar paseos por las afueras del campamento con su hija, Elvirita, y ordenaba a su guardia que no lo escoltase de cerca en aquellas ocasiones, para no estorbar entre padre e hija. Pues bien, yo aprovecharía la oportunidad. Mis hombres iban a generar una distracción a poca distancia de donde estuviera la guardia de Aguirre, para atraer su atención y asegurarse de que, llegado el momento, no fueran a interferir. Mientras tanto, yo habría rodeado el lugar para salirle adelante al maldito cojo y sin chistar lo reventaría; primero de un arcabuzazo y luego lo degollaría para asegurarme de que aquel demonio no fuera a escaparse de nuevo del infierno.

Te traería su cabeza en una bandeja, como tributo de mi amor, Inés de mi vida.

No fueron pocos los preparativos para mi empresa, lo sabes mejor que nadie porque fuiste tú quien me dio las mejores ideas para ir tejiendo aquella telaraña.

Después del levantamiento que culminó con la muerte de don Pedro, Aguirre se aseguró de que nadie más fuese a disputarle el poder, porque aunque él fuese maese de campo y don Hernando el nuevo gobernador, todos sabíamos que la máxima autoridad, el señor de la vida y la muerte, el demonio exterminador, era él.

¿Recuerdas, Inés? García de Arce fue el primero en desaparecer. A partir de su desaparición se abrieron las nueve puertas del infierno.

Nada se podía hablar, ningún pensamiento podía ser articulado sin que las lenguas delatoras volaran hasta aquel bellaco, que muy ufano se hacía llamar *el traidor Aguirre*. Así que no conté mi plan exacto a nadie, ni aún a los hombres que provocarían la distracción los puse sobre aviso, tan solo les dije harán esto y lo otro, pero no les di más explicación. Por eso, yo mismo me iba a encargar de la parte culminante: acabar con el perro tirano.

Tomé todas las precauciones necesarias ese día. Desde lejos lo vi salir de su bohío, acompañado de la pequeña Elvira. Pensé en ella, iba a ser testigo de la muerte de su padre, era inevitable. Un remordimiento incómodo se aferró a mi pecho, ella vería todo y me odiaría por el resto de su vida, quedaría desamparada, a merced de los agraviados por la tiranía de su padre.

¿Sería mejor matarla también y evitarle pesares y vejámenes?

Te juro, Inés, que el destino de Elvirita era una montaña atada a mi cuello. Casi desisto de mi propósito por ella, pero luego tu imagen llenó mi mente y fue impensable dejar vivo un día más al tirano Aguirre.

Los seguí con toda cautela, estoy seguro que nadie me vio. Incluso, al salir del villorrio, aparenté tomar una ruta distinta a la del cojo y su hija. Di un rodeo amplio, oculto entre la maleza, para alcanzarlos en donde ya sabía que estarían.

Mi plan era simple: en el momento indicado, uno de mis hombres haría un disparo de arcabuz, cerca del lugar en el que sabía que Aguirre iba a estar, en posición contraria por donde yo luego aparecería. El maldito perro no iba a dejar a su hija sola y, por lo menos, dos de los seis hombres que acostumbraban a seguirle de lejos irían a ver de qué se trataba el disparo. Yo aprovecharía para acercarme más al puerco y le pegaría un tiro al pecho. Ya fuera que lo matase o lo invalidara, correría a él para cortarle la cabeza y después, por misericordia, matar a Elvira.

Mientras avanzaba entre la maleza, en espera del disparo de mis hombres, veía tu rostro Inés, te miraba sonreír con satisfacción y gratitud al llevarte la noticia de la muerte de Aguirre. Eso me dio más valor, más deseo de acabar con la faena tan pronto como se pudiera y me impacienté, el disparo que esperaba escuchar tardaba tanto que me parecieron siglos los que pasé en medio de la espesura.

Es increíble la de cosas que se te cruzan por la mente en esos momentos, es como si tu vida entera, pasada, presente y futura, corriera delante de tu mirada. La sangre se te calienta, las palpitaciones aumentan su ritmo, empuñas con rabia las armas, aprietas los dientes, sudas; y el tiempo es tan lento, tan viscoso, tan dilatado.

Con dificultad me obligué a mí mismo a concentrarme en mi misión, a repasar en mi mente una y otra vez los movimientos que me permitirían reventar al desgraciado canalla.

El impulso asesino es pasmoso.

Sonó el disparo. Escuché voces, vi la maleza moverse en la dirección en que sabía que estaban los hombres de Aguirre.

Avancé.

Unos pasos más y estaríamos libres. Unos pasos más y mucha cautela.

Para mi sorpresa, alguno de los diablos que le sirven tuvo que haberle susurrado el plan, el día y la hora, porque él ya estaba presto a recibirme.

El arcabuzazo lo recibí yo, en el tórax, y sus dos perros, Antón Llamoso y Francisco Carrión, ya tenían listas las dagas para abrirme en tajo el pescuezo, de oreja a oreja y hacerme tiras a puñaladas.

De alguna forma lo descubrieron y me tendieron la trampa.

Los muy bellacos no me concedieron el reposo cristiano que cualquier alma noble habría permitido. Después de cortarme en un centenar de tajos, Llamoso y Carrión extraviaron mi cadáver en la espesura, para que se cebasen de mí los gusanos, las cucarachas y los animales carroñeros, condenándome a que mi alma vague por toda la eternidad en este infierno verde en donde ahora estoy, rodeado por infinitos horrores.

Lo que yo más sentí, vida mía, mientras el líquido de la vida manaba de mi pecho, de mi cuello, de mis brazos y mis tripas, tibio y espeso, era no volver a tocarte jamás, porque en este purgatorio, frío y lleno de penumbras, ya no hay nada que pueda despertar la carne y entibiar el corazón.

Inés de Atienza lleva las cuentas...

LOPE DE AGUIRRE, Hernando de Guzmán, Alonso de Villena, Lorenzo Zalduendo, Alonso de Montoya, Cristóbal Hernández, Martín Pérez, Juan Vargas «el Canario», Miguel Serrano de Cáceres y ~~Alonso de la Bandera~~.

Fueron diez... va uno.

Alonso de Montoya, con el cráneo roto por un arcabuzazo...

MÁS PELIGROSOS QUE UNA hueste de moros embravecidos, son los ojos de una mujer hermosa con sed de venganza. Y yo lo sé muy bien, aunque ya muy tarde, quizás. Inés de Atienza supo jugar este juego mejor que nosotros. Aunque no fue ella quien nos puso a matarnos unos a otros. Ya veníamos en bandos opuestos cuando dimos el golpe contra Pedro de Ursúa.

Zalduendo, La Bandera, Hernández, Pérez, don Hernando y yo nos levantamos en armas en nombre del rey; pero Aguirre, Villena, Vargas y Serrano lo hicieron en abierta rebeldía contra la corona. El mismo loco Aguirre se ufanaba llamándose a sí mismo «traidor» y quiso obligarnos a nosotros a llamarnos de la misma manera. ¡Válgame Dios!

Hicimos una alianza con el diablo. No se había secado aún la sangre de don Pedro en nuestras espadas, cuando Aguirre comenzó a presionarnos para que escupiéramos sobre la bandera del emperador. Don Hernando le tenía miedo al cojo, era evidente. Sin embargo, el nuevo gobernador era sagaz en los asuntos de la política y no se le opuso de forma abierta, incluso dejó que Aguirre lo nombrara príncipe de Omagua, pero tampoco tomó bando contra el rey de manera pública y para suavizar el desaire nombró al cojo maese de campo. Ese fue el principio del fin.

El miedo es el arma más poderosa de los tiranos, inmoviliza al pueblo, vuelve delatores a hermanos contra hermanos, a hijos contra padres y a padres contra hijos; el marido que duerme confiado en el abrazo de su mujer no sabe que esta tiene un puñal de traición listo para él, tan afilado, quizás, como el que él tiene oculto contra ella; esa es la mecánica diabólica de gobernar con el látigo del terror, el arma que blandió Lope de Aguirre. Desde el momento en que fue nombrado maese de campo, desató la pavura en el villorrio entero.

Tres hombres se juntaban a hablar en un sitio oculto en la espesura y días después iban desapareciendo de uno en uno, nadie más los volvía a ver. Dos mujeres indias estaban murmurando a orillas del río, esa misma noche cada una era sacada del pelo de sus respectivos bohíos por soldados que llevaban cubierto el rostro, nadie volvía a saber de ellas. Un criado del cura se quejó de la falta de alimentos y del toque de queda que había decretado el loco Aguirre, a ese sí los encontraron, colgado de una rama y con las vísceras de fuera.

El miedo.

Entre todos los de la expedición, solo una persona, además de Aguirre y sus dos secuaces más cercanos, el negro Bemba y Antón Llamoso, parecía no tener miedo: Inés de Atienza.

La tragedia parecía haberla hecho aún más fuerte y hermosa. Tras la muerte del gobernador Ursúa, se envolvió en un silencio absoluto, era una sombra vestida de negro, inmóvil, fantasmal. Después de meses, por fin exhaló en un grito profundo y doloroso todo el pesar que le comía las entrañas. Le surgió de improviso, como cuando aparecen los dolores de parto, de un momento a otro.

Lloró, lloró, y lloró. Fue una incontenible tormenta que anegó el bergantín de la viuda, luego la noche, después la selva hasta que, al fin, su llanto desbordó el mismo río Marañón. Pero, cuando por fin escampó en sus ojos, mudó sus ropajes, dejó atrás el luto y la tristeza, una llama de resolución y valor se apoderó de aquella mirada de abismo; así como el miedo fue el arma de Aguirre, los ojos de Inés de Atienza fueron la espada que blandía su espíritu de guerra a muerte contra el cojo maldito.

No obstante, pronto perdió a su aliado La Bandera. Creo que el desgraciado se precipitó, confió demasiado en su propia astucia y subestimó a Lope de Aguirre. Cuentan que quiso tenderle una emboscada al cojo y no le salió bien. ¿Lo delataron? ¿Alguien lo traicionó? No lo sabremos nunca, lo cierto es que Aguirre lo pilló en el intento, lo degollaron en el acto dejándolo podrir en descampado y sirviéndole de bocado a las bestias carroñeras.

Eso aumentó el miedo. El miedo y la desconfianza.

Pero cierto es también que, a pesar de estar tan atemorizados, queríamos deshacernos del cojo hijo de puta de una buena vez. Nunca, ni aún con las hambrunas, los ataques de los indios desde la espesura, el calor y los zancudos que nos atormentaban en los tiempos de Ursúa, habíamos estado tan mal en la expedición. Así que fue fácil para doña Inés reclutarnos en su bando. Solo bastaron sus ojos.

Las reuniones y los murmullos estaban prohibidos en

el campamento, como ya os he contado, bajo pena de muerte. Así que no fue fácil el asunto al inicio. Ocurrió unos pocos días después del asesinato de La Bandera. Hubo un barrullo en el villorrio a causa de la misma división entre el servicio al rey que defendíamos unos y la rebelión absoluta que quería imponer Aguirre. A favor del primer bando, don Hernando de Guzmán se proponía continuar la búsqueda del reino de Omagua. Aguirre quería volverse al Perú, tomar Lima y deponer al virrey para declarar la independencia contra la corona.

En aquella discusión, Zalduendo y Aguirre se palabrearon hasta el punto que sacaron los aceros de sus vainas, solo la firme intervención de Guzmán pudo detenerlos. Este alboroto fue el que permitió que doña Inés se acercara a mí con una nota oculta en su escote: «Si no actuamos juntos, nos van a matar a todos. Os espero esta noche, en el soto que está en la ribera del río».

No fue fácil tomar la decisión. Jugar con el pescuezo de uno mismo no era asunto de tomarse a la ligera. Pero también ya era demasiado lo que podía aguantársele a Lope de Aguirre. Además, era seguro que el gobernador Guzmán actuaría con mucha gratitud si lo libráramos del maese de campo. Así que fui a la cita.

No llegué solo, doña Inés logró juntarnos a varios. También estuvieron ahí Cristóbal Hernández y Martín Pérez. Todos firmes en nuestro repudio hacia Aguirre y, a cual más, deseábamos ver su carroña sirviendo de banquete para los buitres.

—Levantasteis vuestras armas contra Ursúa porque demandabais justicia —nos dijo doña Inés sin rodeos—.

Manchasteis vuestras manos con la sangre del gobernador del rey porque creías hacer lo correcto para salvaros y salvar la expedición de la muerte. Pero, ahora un peligro mayor se cierne sobre vuestras cabezas y más aún sobre la mía. Lope de Aguirre se ha declarado enemigo de la corona invalidando así las causas por las que hicisteis justicia sobre mi Pedro. Y la tiranía del maese de campo sobre el pueblo es aún mayor que cualquier falta de gobierno que Ursúa haya cometido. ¿No os sentís traicionados? ¿No veis que habéis sido utilizados por ese enano cojo e infernal para auparlo en el poder y que en la primera ocasión liquidara a don Hernando y a vosotros que estáis a favor de él para asaltar de manera definitiva el gobierno?

Sus palabras eran ciertas, ninguno se atrevió a replicarlas y tan solo acertamos a bajar la mirada.

—No hacer nada es permitirlo todo —siguió diciendo—, Aguirre tiene la firme intención de abrirnos el cuello de un tajo, eso va a ocurrir tarde o temprano. Así que es mejor hacer algo en este momento en lugar de esperar a que el negro Bemba nos dé garrote o que Antón Llamoso nos degolle.

—Aguirre camina escoltado por diez hombres en todo momento —dijo Martín.

—Hay que cogerlo solo —Inés tomó a Martín del antebrazo apretándolo con fuerza.

—Ese fue el error de La Bandera —intervino Cristóbal.

—Sí, pero La Bandera actuó por su cuenta. Ni siquiera sus hombres sabían lo que planeaba. Eso les costó la vida a todos. Nosotros podemos hacerlo si nos coordinamos bien.

—La escolta jamás va a dejar a Aguirre —dijo Martín zafando su brazo de la garra de doña Inés.

—¿Entonces esperareis amedrentados en un rincón de vuestros bohíos a que el cojo vaya por vosotros y os degüelle uno a uno, como animales y no como hombres de guerra que sois? —El fuego en los ojos de doña Inés podía percibirse a pesar de la oscuridad que nos rodeaba.

—Como hombres de guerra sabemos que es mejor pelear en el campo de batalla que nosotros elijamos y contra fuerzas que podamos vencer —dije yo.

Doña Inés se apartó unos pasos y dándonos la espalda nos dijo:

—¡Estáis arrinconados! ¿No lo veis? Si no peleáis, morimos todos.

Un silencio denso nos rodeó. Era una noche más calurosa que ninguna de las anteriores. Llevábamos el pelo pegado al cráneo por la humedad de aquel hervor selvático que nos oprimía. Aquella atmósfera hacía aún más pesado decidir sobre asuntos tan delicados. Pasó un tiempo largo sin que nadie decidiera decir algo, o marcharse de una vez, hasta que Cristóbal Hernández al fin dijo algo que nos dio una leve esperanza:

—Cuando Aguirre se reúne con el gobernador, sus hombres deben esperarlo afuera de la casa.

—Nosotros podemos estar ahí, como lo hemos hecho otras veces —dijo Martín Pérez.

—Aguirre no permite que nadie más que su escolta y el gobernador lleven espadas en su presencia —les dije yo.

—¡Podéis llevar dagas ocultas! —Intervino doña Inés con voz vehemente.

—Yo puedo despojar al gobernador de su espada para darle el golpe final al perro —dijo Cristóbal.

Otra vez guardamos silencio. Matar a Lope de Aguirre era posible, lo que aún no resolvíamos era si saldríamos con vida de la empresa. La escolta del cojo estaría afuera, seguro acudirían a los gritos de auxilio de su señor, pero uno de nosotros bastaba para bloquearles la entrada al bohío mientras los demás terminábamos la faena. Una vez consumado el hecho, seguro que el gobernador impondría el orden y protegería nuestras vidas… o no.

—Es un riesgo que debemos tomar —les dije con determinación—. No tendremos mejor oportunidad de acercarnos a Aguirre y así, aunque muramos en el intento, habremos acabado con el perro y volverá la paz a todo este pueblo que agoniza en el miedo.

Todos estuvieron de acuerdo conmigo y, entre aquellas tinieblas que nos rodeaban, pude vislumbrar la sonrisa de Inés de Atienza y sus ojos, pozos del infierno, que nos miraban.

Desde aquel momento, los tres acostumbramos a llevar dagas bien ocultas bajo nuestro ropaje, para familiarizarnos con esconderlas de aquel modo. A medida que pasaban los días fingimos ir limando asperezas con los hombres más cercanos a Aguirre. Sin mucho entusiasmo, claro, tampoco nos queríamos mostrar efusivos, no era cosa de delatarnos por la prisa. En varias ocasiones nos pusimos al lado del maese de campo para cerciorarnos de que podíamos estar cerca de él sin que se percatase de que andábamos armados. Después de eso, solo fue cuestión de esperar.

En silencio y a la distancia, Inés de Atienza nos observaba.

Así, no muchos días después, por separado recibimos órdenes del gobernador de presentarnos a su domicilio para tratar asuntos de grave urgencia. El momento había llegado. Nos habíamos cuidado de evitar que nos vieran juntos, tratamos de todas las formas posibles de no despertar ninguna sospecha.

Caminamos despreocupados a la casa del gobernador, como si se tratase de un día más, de una reunión igual a muchas otras.

Aunque por fuera llevaba yo el rostro fresco, por dentro, el roce del arma oculta desataba un torrente de angustias sobre mi corazón. Un frío intenso recorría como un río de hielo mis venas. No obstante, mi determinación homicida era firme. Mi anhelo por ver correr la sangre negra del tirano Aguirre, afirmaba cada músculo en mi cuerpo. Estoy seguro de que Cristóbal Hernández y Martín Pérez sentían igual; conmigo compartían la pequeña llama de la frágil esperanza que ahuyentaba las tinieblas de nuestros corazones.

Aguirre iba a morir.

Los tres coincidimos a la entrada del bohío. Afuera custodiaban dos soldados, uno nos hizo seña de que entráramos. Como era de rigor, nos obligaron a dejar las espadas a la puerta, ya desarmados entramos. Un instante antes de hacerlo, alcancé a ver a doña Inés a la distancia. Aquellos ojos negros que me desconcertaban nos veían sin despegarse de nosotros. Su mirada me dio aliento, una seguridad invencible se apoderó de mí mientras caminaba hacia el interior.

Adentro no había nadie más que nosotros tres. Llegamos temprano, pensé. El gobernador no tardará en aparecer con Aguirre, me dije luego a mí mismo, pero no fue ninguno de los dos quien entró por la puerta. Diez hombres, espada en mano y uno con un arcabuz, entraron de súbito.

Antes de que pudiéramos reaccionar, el que llevaba el arma de fuego me soltó un disparo a la cabeza y a partir de ahí todo es muy confuso en mi memoria.

Gritos, maldiciones, golpes de espada, un disparo más y sangre, mucha sangre.

Estoy seguro que aquellos ojos negros nos perdieron a los tres.

Inés de Atienza sigue contando...

LOPE DE AGUIRRE, Hernando de Guzmán, Alonso de Villena, Lorenzo Zalduendo, ~~Alonso de Montoya, Cristóbal Hernández, Martín Pérez~~, Juan Vargas "el Canario", Miguel Serrano de Cáceres y ~~Alonso de la Bandera~~.

Fueron diez... van cuatro.

Antón Llamoso se desliza dentro del bohío con la daga fría en una mano y la sonrisa asesina en el rostro, despacio, muy despacito, más silencioso que el aire mismo. Algo llama su atención de entrada y alerta sus sentidos de sicario: ¡Los sirvientes no están! Por un momento cree que su misión ha sido descubierta, que le han tendido una trampa y que pagará con su vida el descuido. Se apresta al combate, espera al enemigo que puede aparecer desde cualquier parte. Matar a la cholita Inés no resultará tan fácil después de todo. Pero pasan los segundos sin que el asalto que espera ocurra. Aguza el oído y escucha la respiración de una persona, está durmiendo en la habitación interior. Llamoso recobra los ánimos para el asesinato. Retoma su avance lento y sigiloso en dirección al sonido. Corre las cortinas, da unos pasos y ahí, sobre el colchón que provocó la muerte de Lorenzo Zalduendo y la orden de ejecutar a esta mujer, yace la víctima, ajena al puñal que avanza hacia ella para penetrar su piel y envolverse en su sangre. Llamoso aún no resuelve en su cerebro el misterio de la ausencia de los criados, pero no se detendrá por eso, ya habrá tiempo de pensarlo más adelante, su objetivo es cumplir la misión de inmediato y luego él verá qué hacer. La mano cae sin va-

cilar empuñando con fuerza el arma homicida. Una, dos, tres… tantas puñaladas que pierde la cuenta mientras se empapa de aquel líquido viscoso y negro que fluye a chorros del cuerpo. Cuando termina, ya agotado y con las sienes palpitantes a punto de estallar, Llamoso, a horcajadas sobre el cadáver destrozado a puñaladas, retira las sábanas para ver el rostro de Inés de Atienza. Su corazón se detiene, un frío cristalino y filoso se le congela en las venas: ¡Esta no es Inés! Es María de Sotomayor, una de las dos amantes con las que folgaba el bellaco de Zalduendo.

Lorenzo Zalduendo...

QUÉ RIDÍCULO ES MORIR por un capricho. Ahora lo sé, pero ya eso no sirve de nada. Tú me pediste que llevara tu colchón al bergantín, Inés, y que lo colocara a un lado del mío, yo cumplí tu deseo, mi amada. Cómo no hacerlo si eso significaba tenerte a tiempo completo desde ese momento, para siempre... para siempre... ese «parasiempre» que tan corto se me hizo. Tuve que contenerme de reventar a carcajadas cuando vi la mirada incrédula de aquella gente canalla, al verme señor de dos de las más guapas hembras de la expedición: tú y María de Sotomayor. Pobres miserables esos que me miraban con asombro, jamás llegarán a conocer ni una pizca del cielo que yo disfruté hasta saciarme. Y es que tú le gustabas también a ella; María no discrimina en el amor, sea de hombre o de una mujer tan bella y señorial como tú, mi princesa inca.

¿Sabes que yo te pretendía dudando en el fondo si acabarías en mis brazos o no? ¿Y cómo no dudarlo si cuando llegaste a la expedición, soberbia, altiva en tus aires de princesa inca y heredera de una de las mayores fortunas de la conquista, no tenías ojos para mortal alguno más que para tu pelirrojo amante, quien te aguardaba con dicha y con la verga en posición de embiste? ¿Cómo podía yo soñar con tener bajo mis sábanas, abierta en flor, a la mujer a la que yo recién había dejado viuda, ante sus propios ojos? Aunque bien es cierto, mi preciosa Inés, que aquella noche fui yo quien te salvó la vida. ¿O ya te olvidaste que el rabioso Aguirre estuvo a punto de hacer que te traspasaran los aceros? Puse el pecho por ti, voto a tal que en muchas ocasiones, demasiadas, pongo en riesgo el pellejo sin pensarlo, arrastrado por esta sangre caliente que me hace emprender cosas de manera tan intempestiva… pero te salvé y, de alguna manera, aquello me daba el derecho de reclamar tus mieles, aunque había algo en mí que me hacía dudar, que envolvía en una bruma de escepticismo a tu imagen desnuda en mi lecho. Pero mira, fue más pronto que tarde que llegaste a él y de la mano de mi bella María, porque fue ella, en realidad, quien entre consuelos, palabras de ánimo y abrazos inocentes en apariencia, te fue acercando a nuestro lecho hasta que, cuando por fin tomamos tierra en aquel villorrio miserable en la ribera del río, aceptaste dormir a mi lado y refugiar tus pasiones en mi pecho. Y entonces tú pediste un jergón y yo fui por él, para hacerte un altar en nuestro bergantín.

Yo había previsto un mal comentario de Aguirre al ver que mis criados subían tu colchón al barco, esperaba de él sarcasmos e insultos, pero jamás imaginé que su reacción sería de tal ira. Cuando le informaron acerca de lo que yo estaba haciendo con aquel jergón, mandó a impedir que lo subieran, alegando que él no había dado autorización para hacerlo y que le parecía una falta de respeto que yo dispusiera subirlo así nomás. También ordenó que me dieran un recado insolente de su parte. Tal desaire me calentó la sangre y ahí mismo arrojé mi lanza al suelo.

—¡Pese a tal con Lope de Aguirre! —Dije a todos los que me escuchaban en la orilla del río—. Él me ha de hacer mercedes a mí. Vivamos sin él, ya que no se pueden sufrir sus insolencias y demasías.

No bien había yo terminado de decir estas palabras cuando ya los delatores, de los que sobraban muchos por aquellos días, le estaban informando al maese de campo mis comentarios y malestar. De inmediato salió él, con más de una docena de hombres en mi busca, todos con afilados cuchillos y espadas dispuestos a hacer girones mi piel y sacarme la vida a puñaladas.

Unos del campamento, simpatizantes míos, vinieron dándome voces de alerta que corriera por mi vida. Yo conozco bien al perro rabioso de Aguirre y sabía que no era cosa aquella para ser tomada a la ligera, así que, de inmediato, salí corriendo como nunca antes lo había hecho, rumbo a los aposentos del gobernador don Hernando de Guzmán.

Acababa de llegar yo hasta su excelencia en busca de socorro y protección, cuando Aguirre, con su gente, asomaban ya a pocas casas de la del gobernador. De inmediato, este mandó a su capitán Gonzalo Guiral a que apaciguase al maese de campo, pero de nada sirvieron sus palabras.

—¡Tiempos de guerra son estos! —Dijo a gritos Aguirre—. No he de consentir sublevación ni de hecho, ni de palabra, ni aun de pensamiento en este campo sin que le aplique un castigo ejemplar para evitar más amotinados. ¡Apártate Guiral, que mi pleito no es contigo, pero si te opones seguro haré cumplir la justicia de la manera que sea!

Guiral supuso que el gobernador iba a ser mi protección y que, ante su presencia, Aguirre se sometería, pero se equivocó de cabo a rabo, pues a pesar de la orden firme del gobernador para que aquel perro endemoniado se sosegase, no hubo poder terrenal, o del averno, capaz de aquietarlo. El cojo desoyó todo mandato embistiendo lo que se le puso por delante. Se lanzó sobre mí seguido de sus secuaces y ahí mismo me traspasó con decenas de estocadas, haciéndome caer a los pies del maltrecho gobernador, a quien bañé con mi sangre mientras él temblaba de espanto y náuseas. La inagotable ira del loco Aguirre mantuvo la lluvia de cuchilladas hasta que mi cuerpo quedó en guiñapos, hecho una masa de sangre, pellejos y huesos rotos.

Solo el agotamiento hizo que el patituerto endemoniado cesara de hacerme trizas. Empapado en su sudor y en mi sangre, se detuvo a tomar aire al cabo de lo que pareció un siglo. Sus hombres tuvieron que ayudarle a ponerse en pie. Como borracho se paseó por todo el recinto. Tiró al suelo el puñal con el que me había hecho picadillo, vestido con mi sangre se paró frente al gobernador y lo desafió con la mirada.

Don Hernando no se recuperaba todavía del susto. Era una estatua de hielo en medio del bohío entenebrecido por los vapores de la contienda.

No fue él, sino Aguirre quien rompió el silencio:

—¿Qué? ¿Vas a decir algo, príncipe?

El gobernador lo miraba horrorizado. Guiral y los demás guardias de don Hernando estaban inmóviles también, sin saber qué hacer o cómo reaccionar si el cojo sacaba su espada para atacar a Guzmán. Pero, Aguirre parecía satisfecho de tenerlos bajo su control.

Mientras tanto, yo lo miraba todo desde arriba, estaba como flotando viendo la escena. Me veía a mí mismo destrozado en un charco de sangre; a Aguirre jadeante, con los ojos desorbitados frente a don Hernando; a este, inmóvil, en estupor; a los hombres de ambos, rodeándolos, dispuestos a darse de estocadas en cualquier instante.

Por un rato pareció como si Guzmán iba a intentar decir algo. Aspiró una bocanada de aire, movió los labios, pero no dijo nada.

Aguirre sonrió y su sonrisa fue aún más atemorizante que su ira. Formó un denso gargajo en su boca y escupió a los pies del gobernador.

—Aquí ya no habrá más indisciplina —dijo el cojo, luego volteó para ver, con asco, lo que quedaba de mí y volviéndose hacia sus hombres añadió:— llévense esta mierda de aquí y limpien bien. No queremos dejarle sucia la casa al príncipe.

Inés de Atienza hace recuento...

LOPE DE AGUIRRE, Hernando de Guzmán, Alonso de Villena, ~~Lorenzo Zalduendo, Alonso de Montoya, Cristóbal Hernández, Martín Pérez~~, Juan Vargas "El Canario", Miguel Serrano de Cáceres y ~~Alonso de la Bandera~~.

Fueron diez… van cinco.

Elvirita, quien por su inocencia está en el cielo...

—MAMA CRUSPA, ¿es cierto lo que dicen de mi padre, que es un loco rabioso?

—¡Ay, Elvirita, mi tesoro! No es fácil entender a tu padre. Nunca lo fue. Loco no está, pero no hay poder en el mundo que pueda aplacar su ira.

—¿Y si no está loco, por qué se apodera de él esa rabia que horroriza a todos?

—No puedo responderte con certeza, hijita mía, pero sí puedo asegurarte que él no hace nada que no haya pensado muy bien antes. Le he visto en esos momentos de profundo silencio, contemplando la nada, enfundado en lo más hondo de sus propios pensamientos. Sé que en esos instantes el medita, traza sus planes, construye el futuro.

—¿Y qué futuro es ese, mama Cruspa?

—Uno en el que él es libre, en donde ya no tiene que dar cuenta a gobernadores ni a emperadores invisibles que viven más allá del mar. Un futuro en donde él es rey y tú su princesa.

—Pero él mismo me mató mama Cruspa. ¿Cómo es que quería que yo fuera su princesa y luego me degolló?

—No es que hubiera cambiado de parecer, mi niña, es que ya no tenía más salida. Sus enemigos los tenían rodeados, a él y a ti. De haberte atrapado con vida te habrían ultrajado para vengarse de él. Por eso Aguirre prefirió matarte él mismo y así evitar que la jauría furibunda fuese a mancillarte.

— Entonces a mi padre no le valió de nada hacerse del poder.

—Ningún hombre puede hacerse del poder nunca. Esa es una ilusión de ellos, que podrán controlar todas las fuerzas incontenibles que giran en derredor de los tronos y que infestan todo principado. Todos, sin ninguna excepción, terminan pagando más de lo que vale la ilusión del poder, que es lo único que en verdad llegan a conseguir.

—¿Y por qué nada los detiene de perseguir su propia destrucción?

—Porque viven de sueños y en sus fantasías todos sueñan que van a controlar el poder.

—Entonces, ¿mi padre se engañó a sí mismo?

—Él, que tanto odiaba la traición, terminó por traicionarse a sí mismo.

—¿Perseguir el poder fue tan inútil para todos, como lo fue salir en busca del reino de Omagua?

—Los hombres necesitan una fantasía para sobrellevar sus vidas, aunque nunca la alcancen y por más que lleguen muy cerca de ella, al extender sus manos para tomarla, se desvanecerá entre sus dedos como la niebla.

—¿Humo, nomás?

—Humo en el viento.

María de Sotomayor, en los calores del infierno...

NADA HA CAMBIADO, aunque todo es distinto. El calor, este bochorno húmedo y pegajoso, es igual de insoportable aquí como en el infierno verde del Amazonas. ¡Qué daría yo por un trago de vino o un vaso de ayahuasca, el licor de los muertos, sería muy apropiado en estas circunstancias!

Me encantaba disfrutarlo con mi travieso Zalduendo y terminar borrachos follando entre las matas, mientras mi marido iba de un lado a otro buscándome, confundiendo las eses con las zetas en su afán de hablar como los castellanos:

—¡María! ¿Dónde eztaz, por Dioz! —Era una cabra el idiota, un mulato de indio y negro, pero soñaba con ser un español, se vestía como uno y pretendía hablar como ellos, pero solo hacía el ridículo.

Yo pasaba de él. Con Zalduendo era feliz, no lo amaba, pero me daba mucho placer y me hacía regalos bonitos. Me encantaba sentir el peso completo de aquel hombre inmenso y desgarbado abriéndome de par en par para luego derramarse en mí. Si bien tratábamos de ocultarnos para guardar las apariencias, todos en el campamento, menos mi marido, sabían que nos amancebábamos. Sin embargo, no hubo quien tomara bando por el pobre cornudo de mi esposo, pues Zalduendo era un capitán del gobernador, un guerrero portentoso y aunque Tomás, mi marido, se enterase, seguro se mostraría honrado de que uno de aquellos nobles hubiese escogido a su mujer para montarla a sus anchas.

Los mejores días fueron los que vivimos en el sopor de la espera, en Santa Cruz de Capocoba, cuando los bergantines aún no habían sido lanzados a flote. Pero, no más se dio la orden de zarpar, siete embarcaciones se hundieron antes de levar anclas y tuvimos que dejar en tierra trescientos caballos y cien cabras abandonadas. Era como si el cielo nos estuviera advirtiendo lo que se venía.

Os digo, entre el infierno de aquellos días y este en el que estamos, no encuentro la menor diferencia. El calor, el hambre, los zancudos hambrientos, los apestosos humores de la canalla aglomerada… Entiendo muy bien por qué querían matar a Ursúa a las semanas de haber partido. Muchos pensaron que el objetivo del viaje era perderlos a todos en la más profunda selva y librar al Perú de tanta chusma. Llegó un punto en que tuvimos que presenciar el miserable espectáculo de ver a aquellos magníficos guerreros pálidos arrastrarse en el fango de las orillas buscando con desesperación raíces y huevos de tortuga para mitigar el hambre.

Las iras ocultas, las frustraciones que iban hinchando los vientres y tensando los músculos, por fin reventaron en el Año Nuevo y acabaron con el gobierno del finado don Pedro de Ursúa, que Dios lo tenga en su gloria, porque, la verdad, conmigo siempre fue gentil caballero. Y así, como arreglan los hombres sus pleitos, hicieron correr la sangre y creyeron, ilusos, que un nuevo día comenzaba para todos. No hay nada nuevo bajo el sol.

Ese día comenzó a fraguar su venganza doña Inés y eso nos acercó más a ambas.

Aún estaba tibio el cadáver de don Pedro y la jauría ya quería hacerse de las carnes de la viuda. Ganó Alonso de la Bandera y yo medié en ello; lo confieso, porque no me gustaba que Zalduendo, teniéndome a mí, acechara a doña Inés.

Como dije, la paz no llegó. Todos anhelan el poder para ser señores de los demás, pero cuando alguien lo alcanza, se vuelve esclavo de ese mismo poder. Entonces comienzan las dudas, las sospechas, el temor de que el que come de tu plato contigo tiene a mano un cuchillo listo para asestártelo en el cogote. Así se fueron matando entre ellos mismos. A la viuda solo le bastó un empujoncito y fueron cayendo como las mariposas en la telaraña.

Llegó lo inevitable, Zalduendo por fin tuvo a la doña para sí.

Ella sabía que él y yo nos amancebábamos. En un principio esquivaba los ataques del taimado por ese motivo. Un día, en la confianza que entonces ya había florecido entre ambas, yo le confesé que no amaba al castellano, que era solo un placer provechoso para mí, pero que, aunque mi jergón estuviese bien dispuesto a los vicios de Venus, mi corazón estaba a resguardo de los pillos hombres. Eso dio pie a que ella retomara las maquinaciones de su venganza.

Ella se hizo de conquistar y Lorenzo se creyó que la

conquistaba. Él era torpe para las palabras, ella lo hizo sentir sagaz e irresistible. El juego perfecto, el cazador cazado.

Cuando al fin la tuvo, Zalduendo se jactaba de poseer a las dos mejores hembras de la expedición, pero voto a tal que jamás compartimos lecho los tres. Sí, es cierto que mi afecto por doña Inés creció mucho desde la fatídica madrugada de Año Nuevo. Me unió a ella la pena que yo sentía por su pérdida y abonó también su hermosura y gentileza, era difícil no amarla. La selva y la desgracia nos hizo hermanas, pero nunca amantes como insinuaba Lorenzo para alimentar su soberbia de macho.

El disfrute de su conquista hizo que el desgraciado comenzara a actuar como un idiota. Estaba tan embobado por los amores de aquella mujer deslumbrante, que abandonó por completo sus deberes como escolta principal del príncipe don Hernando de Guzmán. Los días y las noches se las llevaba en contemplación de doña Inés, insaciable en su lujuria e incrédulo, aún, de la fortuna de recibir sus atenciones y caricias.

En más de una ocasión estuvo a punto de irse a estocadas con el mismo Aguirre por aquella mujer y eso es lo que ella fraguaba.

Lope de Aguirre soltó una frase sarcástica contra doña Inés, en frente de Zalduendo.

—Que se cuide don Hernando —dijo el cojo—, que pronto lo sacará de su trono la cholita y tendremos gobernadora.

—Doña Inés es mujer de sangre noble y bien puede

ocupar el trono que guste —le retó Lorenzo Zalduendo.

—¿Y con qué derecho se hace llamar doña? —picó más Aguirre.

—Con el derecho de ser la mujer más bella del Perú y, además, porque por sus venas corre sangre de un bravo conquistador español y de una princesa inca.

—¡Una mierda de derecho! —Dijo Lope de Aguirre y escupió en el suelo—. ¡Incas príncipes de monos y loros!

A partir de esa discusión, Zalduendo se había determinado en asesinar a Aguirre en la primera ocasión, pero mientras este tuviera el favor de don Hernando, Lorenzo no se atrevería a atacarle de manera abierta.

Zalduendo fue embobándose cada vez más en su cuota de poder y en su idilio con doña Inés, hasta que la mollera se le llenó de humo violeta y sus ojos se cegaron a toda realidad que no fuera su bella princesa inca.

Fue entonces que la rabia se me atoró en el pecho. Detesté la presencia de aquel estúpido castellano y aborrecí el solo sonido de su voz. En incontables ocasiones lo encontré revolcándose con la doña. Una vez la hallé a ella desnuda, a horcajadas, sobre él, le pasaba las pestañas por encima de los labios y le decía: ¿te gustan mis besitos de colibrí?

El muy socarrón se percató de que yo estaba ahí, en el umbral, y en lugar de cubrirse, me hizo señas para que me uniera a ellos. Me provocó repugnancia. Doña Inés lo veía todo, sin inmutarse, volvió la vista a mí, su gesto parecía pedirme paciencia. En su rostro yo podía leer que pronto seríamos vengadas, ella y yo.

Así pasó. Lo que nunca supo Zalduendo fue que yo me convertiría en la estocada final de aquella venganza. La oportunidad se dio cuando doña Inés pidió a Lorenzo que le trajera su jergón al bergantín que ambos ocupaban, para dormir a su lado, a sabiendas de la prohibición que Aguirre había decretado en contra de meter más muebles y objetos personales a las embarcaciones.

En cuanto supe que había mandado a traer el colchón, salí veloz. Cuando divisé a Lope de Aguirre, fingí cruzar frente a él de manera casual. Entonces, el cojo no perdió la oportunidad para sus ironías.

—¿Y cómo está la princesa del Perú? ¿Ya le trajeron la provisión de faisanes a tu señora?

—Faisanes no —dije fingiendo molestia—, pero doña Inés le dice al capitán Zalduendo que le dará besitos de colibrí.

—¿Besitos de colibrí?

—Las cosas que se dicen los amantes entre arrumacos.

—¿De veras?

—Sí. Tan juntos están esos dos que el capitán Zalduendo ha mandado a traer el jergón de mi señora para colocarlo junto al suyo en el bergantín.

El maese de campo soltó un juramento al cielo; después, hirviendo de ira, partió jurando que mi Lorenzo pagará cara su desobediencia.

Jamás pensé decir esto, pero la venganza me supo a gloria. Voto a tal.

Lope de Aguirre, rebelde aún en el averno...

NADIE PUDO VERLO, solo yo: tú, puta mestiza, mandaste al infierno a todos los que te mataron a tu amante afrancesado, gabacho. Primero, pusiste a Alonso de la Bandera en mi contra, ya sabías bien que eso despeñaría hacia la muerte al mequetrefe ese. Después, de un modo u otro, te fuiste deshaciendo de los demás bellacos de poca monta que, en tu nombre, se dieron de puñaladas, se aplicaron garrote o se aplastaron los cráneos con lo que hallaron a mano. Después, hiciste con Zalduendo igual que con La Bandera; me usaste de nuevo como instrumento de tu venganza. Hernando de Guzmán también pagó la estocada final que le dio a Pedro de Ursúa; bien por mí, porque así nos libramos de ese afeminado y fuimos a tomarnos el Perú y a expulsar el gobierno de Felipe II de una buena vez de la Nueva España, aunque al final no se logró la empresa y caímos en brazos de la fatalidad.

Ese fue el fin de mi niña... mi niña Elvirita... entre mis propias manos, antes de que esos bellacos la mancillaran... pero esa es otra historia y no voy a contarla, mucho menos a ti, que te burlaste de mi pequeña, la usaste como a todos tus otros títeres en mi contra. He venido, nada más, porque en este infierno no se manda uno solo y los que mandan quieren que sea yo quien te recuerde esos minutos finales.

Debo reconocer que estaba engañado contigo, Inés de Atienza, por eso bajé la guardia permitiéndote llegar tan lejos. ¿Cómo habría yo de prevenir que utilizaras a Elvira? Seguro que ya lo tenías planeado, desde el día aquel en el que le regalaste el espejo, una bisutería, pero para mi niña fue como un tesoro y tú te valiste de eso.

No sabes cómo odié a tu don Pedro ese día del asunto del espejo. Tuve que hacer un enorme esfuerzo para tragarme el orgullo y pedirle aquel espejito que tanto quería mi niña. Una entre mil baratijas que pretendía intercambiar con los salvajes por oro, pero, a pesar de su escaso valor, el miserable me lo negó y me trató muy mal, con desdén. Tú, con tus mañas de mujer, le sacaste la bagatela aquella y se la diste a mi Elvira. Desde ese momento la ganaste para ti.

Debido a eso no te fue difícil engañarla para que te acompañara hasta nuestro bohío aquella noche en que te mandé a matar. ¿Ya te estás acordando, no? Mientras Antón Llamoso corría hacia tu guarida para darte tu merecido y cortar de una vez las conspiraciones en la plaza, tú cruzaste el villorrio hasta encontrar a Elvira y hacerla que te acompañara hacia mí. Sabías que junto a ella podrías pasar sin inconveniente entre mis guardias, sin despertar sospechas, pensaste que me cogerías desprevenido.

Fue muy astuto, Inés. Te imagino cruzando el poblado, de la mano de Elvira, fría a pesar del calor que nos cobijaba, con el alma en suspenso y el corazón anudado bajo una enredadera de venas y arterias en conmoción.

No cualquiera se atreve a matarme, tienes más cojones que muchos, eso te lo reconozco.

No sé cómo te deshiciste de Elvira para que no entrara al bohío contigo o cómo supiste qué momento escoger para hallarme desprevenido, envuelto en la modorra de aquella fatiga de muchas noches en vela y de la tensión de la espera.

Evadiste la vigilancia de mis hombres, entraste, puñal en mano, con los ojos de Belcebú, brasas ardientes anhelantes de sangre, de ríos de ella corriendo bajo tus pies.

Entre la duerme-vela logré escuchar aquellas palabras que susurraste como serpiente:

—¡Sangre, Satanás, sangre suelta a chorros, maldito hideputa!

Y ahí fue donde todo acabó…

Inés de Atienza, en los caminos del inframundo...

NO ES MÁS QUE UNA PÉRDIDA de tiempo volver la vista atrás. Todos esos son momentos que quiero borrar de mi memoria. Tanto dolor, tanta amargura, tanta mentira y conspiración. ¿Qué queréis que vea, qué procuráis que aprenda? ¿Que los hombres buscan poseernos y controlarnos a las mujeres? ¿Que si alguna se atreve a alzar la cabeza la persiguen llamándola bruja, ramera o conspiradora?

A ver tú, Lope de Aguirre, tú no me odiabas por ser yo quien era, tú me odiaste siempre por no poder poseerme. Hernando de Guzmán, traidor afeminado, tú odiabas no ser yo. Los otros, los patéticos como Lorenzo Zalduendo y Alonso de la Bandera, perros lascivos, bestias de la lujuria que no bastándoles con tener su mujer propia codiciaban a la ajena, tan solo vivisteis para hartaros de vuestros más oscuros deseos. ¿Y cuál es el objeto de esos deseos, sino el poder por el que tanto lucháis y os matáis los hombres? Solo un medio para saciaros de vuestros vicios, sin medida, sin fin.

Una mujer que se levanta es un peligro para ese orden patriarcal en donde hasta dios es macho, furioso e implacable como todos sus bastardos.

Pues bien, no me importa ver nada de lo que me mostráis. Ya sé lo que queréis que haga, que me someta a la fatalidad: ¡que se sometan los putos perros que los engendraron! Yo, Inés de Atienza, me declaro rebelde, reina de la libertad, diosa de los conspiradores. Yo no voy a agachar mi cabeza por nadie. No lo hice en aquella vida, no lo haré en esta.

Mi venganza es mía y no la rendiré a nadie, así se vengan abajo los cielos y se hundan en la lava de los infiernos.

Cuánto disfruté acercarme a ti aquella noche, Lope de Aguirre, sigilosa como la brisa que flota sobre el río. Mi puñal era mi declaración de venganza e independencia. Mi determinación de rebanarte el cogote con aquella daga era invencible. Avancé lento, tanto que el tiempo parecía detenido. Ya podía ver tu sangre negra y pútrida corriendo de tu cuello al suelo. Correrá la sangre, doña Inés, me dije, correrá en ríos rumorosos, rabiosos, revoltosos. Correrá la sangre y me bañaré en ella, pagarán con cada gota mis lágrimas y los segundos robados a mi felicidad.

¿Te preguntas cómo llegué hasta ti? Hasta en eso sudas soberbia. Lo tenía planeado desde mucho antes. ¿Todavía crees que tus hombres te eran fieles hasta la muerte? ¿A pesar de que fueron ellos mismos los que acabaron contigo, allá en Barquisimeto? Yo los había sobornado con mi cuerpo, les pagué con mis besos y mi sexo, algunos se vendieron por la simple ilusión de tenerme. Nunca tuviste hombres leales, Lope de Aguirre, esa era tu fantasía de loco y tirano. Los opresores nunca tienen seguidores, solo vasallos. Porque te traicionaron pude llegar hasta ti.

¡Cuán indefenso te veías así dormido! Todas tus ínfulas de poder, toda tu bravura, perdidas. Tan desamparado como un huérfano, pero sin la inocencia de este, solo una ilusión a punto de quebrarse como un espejo roto en mil pedazos.

Alcé mi mano con ira: el tiempo, el espacio, el vapor de la noche… todo quedó en suspenso mientras apretaba en mi puño la daga empapada en el veneno de la muerte, tenía entre mis dedos crispados el instrumento de mi venganza, el rayo justiciero listo para el golpe final…

Dos puñales atravesaron las tinieblas del Amazonas aquella noche fatal, dos puñales que buscaban con sed insaciable un arroyo de sangre. Uno se clavó en la víctima equivocada, María de Sotomayor. El otro tampoco dio en su blanco. Inés de Atienza alzó la daga vengadora dispuesta a hundirla hasta lo más profundo del alma de su víctima, pero antes de que ella hiciera descender el pálido acero sobre el cuello de Lope de Aguirre, el esbirro mestizo del maese de campo, Francisco de Carrión, había entrado justo a tiempo al recinto, atacó por la espalda. Atravesó el torso de la mujer con una lanza y así mandó al otro mundo a la dama más bella del Perú.

Se debilitaron las delicadas manos de Inés. El puñal cayó al suelo al tiempo que Aguirre se levantaba sobresaltado, contemplando aquella muerte que tan próxima había estado de él. La mujer cayó, ahogada en su propia sangre. En ese instante, Antón Llamoso entraba al bohío y, sin detenerse a tomar aire, se abalanzó sobre la agonizante Inés para darle tantas estocadas como pudo, hasta dejar hecha girones aquella piel que con sus dorados destellos hacía palidecer al sol.

Con la furia de un perro rabioso, el asesino daba golpe tras golpe hasta que, los mismos Aguirre y Carrión, lo forzaron a parar.

Al oír la conmoción, llegaron algunos curiosos, Elvirita entre ellos. El horror sobrecogió a la muchacha de tal forma que su cuidadora, Juana Torralba, tuvo que sacarla desmayada del lugar.

Llamoso cargó con el cadáver, hermoso aún en el horror de su desgracia y, seguido por Carrión, lo llevaron a la selva para enterrarlo en un lugar desconocido, sin dar espacio a que siquiera velasen a la víctima. Pasaron por el bohío de doña Inés y sacaron el cuerpo de María Sotomayor para sepultarlo junto con el de su señora.

De esta forma, desapareció para siempre doña Inés de Atienza de la expedición hacia Omagua, tal y como desaparecerían muchos más, don Hernando de Guzmán el más próximo, durante aquel gobierno rebelde y militar, gobierno de insumisos que proclamaron la primer acta independentista de América, gobierno dominado por el maese de campo Lope de Aguirre, el traidor, quien a su vez perecería por el plomo del arcabuz y el hierro de los sables, varios meses después, sosteniendo en sus brazos el delicado cadáver de su amada Elvira.

Yo soy Inés de Atienza
en este mundo y en el otro

FUI VENGADA, NO POR MI MANO, lo que habría preferido, sino por tu sangrienta locura, Lope de Aguirre. Sea como fuese, la muerte de mi amado Pedro no quedó impune, como tampoco quedaron sin castigo los ríos de sangre que hiciste correr, cojo del demonio que espero ver que te achicharres por toda una eternidad en las sartenes del infierno. Yo seguiré viva, en cada mujer que se levante contra el oprobio, que enfrente la humillación y diga ¡basta! Yo seguiré más viva que nunca y veré el día en que una nueva raza de hembras se levante contra los ufanos señores de la ignominia, los patriarcas violentos que en sus guerras y sus ínfulas tan solo ocultan sus miedos, sus cobardías. Yo sigo viva, cabrón Aguirre, mientras tú te retuerces entre los fuegos demoníacos, yo sigo viva.

Y ustedes, espíritus ruines, perpetuadores de la mentira, no pretendan venir a darme sus consejos apolillados, sus leyes de machos ufanos de sus cojones, ustedes que son solo aserrín de comején, polvo reseco, ustedes que ya estaban muertos cuando caminaban sobre la tierra, vayan a esconderse en las tinieblas del inframundo, el nuevo universo no los necesita, nos levantaremos y ya no habrá patriarcas, ni caudillos, ni dioses, solo hermanas y hermanos dispuestos a caminar juntos.

Quedan los mortales, ustedes que deambulan bajo las estrellas, los que todavía pueden perseguir quimeras y conquistarlas, tienen la capacidad de cambiar y hacer que todo cambie. Pero si se acomodan al flujo del pasado, si dejan que prevalezca la herencia maldita, morirán también, sin redención alguna, y no habrá ya nadie que guarde sus nombres en la memoria.

Recuérdenlo.

Yo estoy viva, frente a esta brillante fogata que se acrecienta a cada segundo.

Soy Inés de Atienza, soy lo que he decidido ser, vivo por mi propia voluntad.

Soy Inés de Atienza.

6 o 7 grados, latitud sur,

en la línea equinoccial,

a orillas del gran río Marañón...

EL PADRE ALONSO DE HENAO, vicario de la expedición, con el mismo puñal con el que Antón Llamoso destrozó el cadáver de Inés de Atienza, graba sobre una roca:

Conditur hic lauris
prefulgens forma pulloe
Quam tulit insontem
sanguinolenta manus
Gloria silvarum est,
extinctum cenere corpus
Ast Domini vivens
displicuit facies.

Que en castellano quiere decir:

Se esconde en
estos laureles la espléndida forma de
una dama a quien, inocente, mató

sangrienta mano.
Su cuerpo convertido
en ceniza es la gloria de las selvas,
pues viva, su hermosura desagradó al
hombre.

Unos pocos días después, el padre Henao se sumaría a la lista de los desaparecidos.

Tegucigalpa, 26 de noviembre de 2019

APÉNDICE

Rey Felipe, natural español, hijo de Carlos, invencible: Lope de Aguirre, tu mínimo vasallo, cristiano viejo, de medianos padres hijodalgo, natural vascongado, en el reino de España, en la villa de Oñate vecino, en mi mocedad pasé el mar Océano a las partes del Pirú, por valer más con la lanza en la mano, y por cumplir con la deuda que debe todo hombre de bien; y así, en veinte y cuatro años, te he hecho muchos servicios en el Pirú, en conquistas de indios, y en poblar pueblos en tu servicio, especialmente en batallas y reencuentros que ha habido en tu nombre, siempre conforme a mis fuerzas y posibilidad, sin importunar a tus oficiales por paga, como parescerá por tus reales libros.

Bien creo, excelentísimo Rey y Señor, aunque para mí y mis compañeros no has sido tal, sino cruel e ingrato a tan buenos servicios como has recibido de nosotros aunque también bien creo que te deben de engañar los que te escriben desta tierra, como están lejos. Avísote, Rey español, adonde cumple haya toda justicia y rectitud, para tan buenos vasallos como en estas tierras tienes, aunque yo, por no poder sufrir más la crueldades que usan estos tus oidores, Visorey y gobernadores, he salido de hecho con mis compañeros, cuyos nombres después te diré, de tu obediencia, y desnaturándonos de nuestras tierras, que es España, y hacerte en estas partes la más cruda guerra que nuestras fuerzas pudieren sustentar y sufrir; y esto, cree, Rey y Señor, nos ha hecho hacer el no poder sufrir los grandes pechos, premios y castigos injustos que nos dan estos tus ministros que, por remediar a sus hijos y criados, nos han usurpado y robado nuestra fama , vida y honra, que es lástima, ¡oh Rey! y el mal tratamiento que se nos ha hecho. Y ansí, yo, manco de mi pierna derecha, de dos arcabuzazos que me dieron en el valle de Chuquinga, con el mariscál Alonso de Alvarado, siguiendo tu voz y apellidándola contra Francisco Hernandez Girón, rebelde a tu servicio, como yo y mis compañeros al presente somos y seremos hasta la muerte, porque ya de hecho hemos alcanzado en este reino cuán cruel eres, y quebrantador de fe y palabra; y así tenemos en esta tierra tus perdones por de menos crédito que los libros de Martín Lutero. Pues tu Virey, marqués de Cañete, malo, lujurioso, ambicioso tirano, ahorcó a Martín de Robles, hombre señalado en tu servicio, y al bravoso Thomás Vázquez, conquistador del Pirú, y al triste Alonso Díaz, que trabajó más en el descubrimiento deste reino que los exploradores de Moysen en el desierto; y a Piedrahita, que rompió muchas batallas en tu servicio, y aun en Lucara , ellos te dieron la victoria, porque si no se pasaran, hoy fuera Francisco Hernández rey del Pirú. Y no tengas en mucho al servicio que tus oidores te escriben haberte hecho, porque es muy gran fábula si llaman servicio haberte gastado ochocientos mil pesos de tu Real caja para sus vicios y maldades. Castígalos como a malos, que de cierto lo son.

Mira, mira, Rey español, que no seas cruel a tus vasa-

llos, ni ingrato, pues estando tu padre y tú en los reinos de Castilla, sin ninguna zozobra, te han dado tus vasallos, a costa de su sangre y hacienda, tantos reinos y señoríos como en estas partes tienes. Y mira, Rey y señor, que no puedes llevar con título de Rey justo ningún interés destas partes donde no aventuraste nada, sin que primero los que en ello han trabajado sean gratificados.

Por cierto lo tengo que van pocos reyes al infierno, porque sois pocos; que si muchos fuésedes; ninguno podría ir al cielo, porque creo allá seríades peores que Lucifer, según teneis sed y hambre y ambición de hartaros de sangre humana; mas no me maravillo ni hago caso de vosotros, pues os llamáis siempre menores de edad, y todo hombre inocente es loco; y vuestro gobierno es aire. Y, cierto, a Dios hago solemnemente voto, yo y mis docientos arcabuceros marañones, conquistadores, hijosdalgo, de no te dejar ministro tuyo y vida, porque yo sé hasta dónde álcanza tu clemencia; el día de hoy nos hallamos los más bien aventurados de los nascidos, por estar como estamos en estas partes de Indias, teniendo la fe y mandamientos de Dios enteros, y sin corrupción, como cristianos; manteniendo todo lo que manda la Santa Madre Iglesia de Roma; y pretendemos, aunque pecadores en la vida, rescibir martirio por los mandamientos de Dios.

A la salida que hicimos del río de las Amazonas, que se llama el Marañón, vi en una isla poblada de cristianos, que tiene por nombre la Margarita, unas relaciones que venían de España, de la gran cisma de luteranos que hay en ella, que nos pusieron temor y espanto, pues aquí en nuestra compañía, hubo un alemán, por su nombre Monteverde, y lo hice hacer pedazos. Los hados darán

225

la paga a los cuerpos, pero donde nosotros estuviéremos, cree, excelente Príncipe, que cumple que todos vivan muy perfectamente en la fée de Cristo.

Especialmente es tan grande la disolución de los frailes en estas partes, que, cierto, conviene que venga. sobre ellos tu ira y castigo, porque ya no hay ninguno que presuma de menos que de Gobernador. Mira, mira, Rey, no les creas lo que te dijeren, pues las lágrimas que allá echan delante tu Real persona, es para venir acá a mandar. Si quieres saber la vida que por acá tienen, es entender en mercaderías, procurar y adquirir bienes temporales, vender los Sacramentos de la Iglesia por prescio; enemigos de pobres, incaritativos, ambiciosos, glotones y soberbios; de manera que, por mínimo que sea un fraile pretende mandar y gobernar todas estas tierras. Por remedio, Rey y Señor, porque destas cosas y malos exemplos, no está imprimida ni fijada la fe en los naturales; y, más te digo, que si esta disolución destos frailes no se quita de aquí no faltarán escándalos.

Aunque yo y mis compañeros, por la gran razón que tenemos, nos hayamos determinado de morir, desto y otras cosas pasadas, singular Rey, tu has sido causa, por no te doler del trabajo destos vasallos, y no mirar lo mucho que les debes; que si tú no miras por ellos, y te descuidas con estos tus oidores, nunca se acertará en el gobierno. Por cierto, no hay para qué presentar testigos, más de avisarte cómo estos, tus oidores, tienen cada un año cuatro mil pesos de salario y ocho mil de costa, y al cabo de tres años tienen cada uno sesenta mil pesos ahorrados, y heredamientos y posesiones; y con todo esto, si se contentasen con servirlos como a hombres, medio mal y trabajo sería el nuestro; mas, por nuestros pecados, quieren que do quiera que los topemos, nos hinquemos de rodillas y los adoremos como a Nabucodonosor; cosa, cierto, insufrible. Y yo, como hombre que estoy lastimado y manco de mis miembros en tu servicio, y mis compañeros viejos y cansados en lo mismo, nunca te he de dejar de avisar, que no fíes en estos letrados tu Real conciencia que no cumple a tu Real servicio descuidarte con estos, que se les va todo el tiempo en casar hijos e hijas, y no entienden en otra cosa, y su refrán entre ellos y muy común, es: «A tuerto y a derecho, nuestra casa hasta el techo».

Pues los frailes, a ningún indio pobre quieren absolver ni predicar; y están aposentados en los mejores repartimientos del Pirú, y la vida que tienen es áspera y peligrosa, porque cada uno dellos tiene por penitencia en sus cocinas una docena de mozas, y no muy viejas, y otros tantos muchachos que les vayan a pescar: pues a matar perdices y a traer fruta, todo el repartimiento tiene que hacer con ellos; que, en fe de cristianos, te juro, Rey y Señor, que si no pones remedio en las maldades desta tierra que te ha de venir azote del cielo; y esto dígolo por avisarte de la verdad, aunque yo y mis compañeros no queremos ni esperamos de ti misericordia.

¡Ay, ay!, qué lástima tan grande que, César y Emperador, tu padre conquistase con la fuerza de España la superbia Germania, y gastase tanta moneda, llevada destas Indias, descubiertas por nosotros, que no te duelas de nuestra vejez y cansancio, siquiera para matarnos la hambre un día! Sabes que vemos en estas partes, excelente Rey y Señor, que conquistaste a Alemania con armas, y Alemania ha conquistado a España con vicios, de que, cierto, nos hallamos acá más contentos con maíz y agua, sólo por estar apartados de tan mala ironía, que los que en ella han caído pueden estar con sus regalos. Anden las guerras por donde anduvieron, pues para los hombres se hicieron; mas en ningún tiempo, ni por adversidad que nos venga, no dejaremos de ser sujetos y obedientes a los preceptos de la Santa Madre Iglesia Romana.

No podemos creer, excelente Rey y Señor, que tú seas cruel para tan buenos vasallos como en estas partes tienes; sino que estos tus malos oidores y ministros lo deben de hacer sin tu consentimiento. Dígolo, excelente Rey y Señor, porque en la Ciudad de los Reyes, dos leguas della junto a la mar se descubrió una laguna donde se cría algún pescado, que Dios lo permitió que fuese así; y estos tus malos oidores y oficiales de tu Real patrimonio, por aprovecharse del pescado, como lo hacen, para sus regalos y vicios, la arriendan en tu nombre, dándonos a entender, como si fuésemos inhábiles, que es por tu voluntad. Si ello es así, déjanos, Señor, pescar algún pescado siquiera, pues que trabajamos en descubrirlo; porque el Rey de Castilla no tiene necesidad de cuatrocientos pesos, que es la cantidad por que se arrienda. Y pues, esclarecido Rey, no pedimos mercedes en Córdoba, ni en Valladolid, ni en toda España, que es tu patrimonio, duélete, Señor, de alimentar los pobres cansados en los frutos y réditos desta tierra, y mira, Rey y Señor, que hay Dios para todos, igual justicia, premio, paraíso e infierno.

En el año de cincuenta y nueve dio el Marqués de Cañete la jornada del río del Amazonas a Pedro de Orsúa, navarro, y por decir verdad, francés; y tardó en hacer navíos hasta el año sesenta, en la provincia de los Motilones, que es el término del Pirú; y porque los indios andan rapados a navaja, se llaman Motilones: aunque estos navíos, por ser la tierra donde se hicieron lluviosa, al tiempo del echarlos al agua se nos quebraron los más dellos, y hicimos balsas, y dejamos los caballos y haciendas, y nos echamos en el río abajo, con harto riesgo de nuestras personas; y luego topamos los mas poderosísimos ríos del Pirú, de manera que nos vimos en Golfo-duce, caminamos de prima faz trecientas leguas, desde el embarcadero donde nos embarcamos la primera vez.

Fue este Gobernador tan perverso, ambicioso y miserable, que no lo pudimos sufrir; y así, por ser imposible relatar sus maldades, y por tenerme por parte en mi caso, excelente Rey y Señor, no diré cosa más de que le matamos; muerte, cierto, bien breve. Y luego a un mancebo, caballero de Sevilla, que se llamaba D. Fernando de Guzmán, lo alzamos por nuestro Rey y lo juramos por tal, como tu Real persona verá por las firmas de todos los que en ello nos hallamos, que quedan en la isla Margarita en estas Indias; y a mi me nombraron por su Maese de campo; y porque no consentí en sus insultos y maldades, me quisieron matar, y yo maté al nuevo Rey y al Capitán de su guardia, y Teniente general, y a cuatro capitanes, y a su mayordomo, y a un su capellán, clérigo de misa, y a una mujer, de la liga contra mí, y un Comendador de Rodas, y a un Almirante y dos alférez, y otros cinco o seis aliados suyos, y con intención de llevar la guerra adelante y morir en ella, por las muchas crueldades que tus ministros usan con nosotros; y nombré de nuevo capitanes y Sargento mayor, y me quisieron matar, y yo los ahorqué a todos. Y caminando nuestra derrota, pasando

todas estas muertes y malas venturas en este río Mara-
ñón, tardamos hasta la boca dél y hasta la mar, más de
diez meses y medio: caminamos cien jornadas justas:
anduvimos mil y quinientas leguas. Es río grande y te-
meroso: tiene de boca ochenta leguas de agua dulce, y
no como dicen: por muchos brazos tiene grandes bajos,
y ochocientas leguas de desierto, sin género de poblado,
como tu Majestad lo verá por una relación que hemos
hecho, bien verdadera. En la derrota que corrimos, tiene
seis mil islas. ¡Sabe Dios cómo nos escapamos deste lago
tan temeroso! Avísote, Rey y Señor, no proveas ni con-
sientas que se haga alguna armada para este río tan mal
afortunado, porque en fe de cristiano te juro, Rey y Señor,
que si vinieren cien mil hombres, ninguno escape, por-
que la relación es falsa, y no hay en el río otra cosa, que
desesperar, especialmente para los chapetones de España.

Los capitanes y oficiales que al presente llevo, y prome-
ten de morir en esta demanda, como hombres lastima-
dos, son: Juan Gerónimo de Espíndola, ginovés, capitán
de infantería, los dos andaluces; capitán de a caballo
Diego Tirado, andaluz, que tus oidores, Rey y Señor, le
quitaron con grave agravio indios que había ganado con
su lanza; capitán de mi guardia Roberto de Coca, y a
su alférez Nuflo Hernández, valenciano; Juan López de
Ayala, de Cuenca, nuestro pagador; alférez general Blas
Gutiérrez, conquistador de veinte y siete años, alférez,
natural de Sevilla; Custodio Hernández, alférez, portu-
gués; Diego de Torres, alférez, navarro; sargento Pedro
Rodríguez Viso, Diego de Figueroa, Cristóbal de Rivas,
conquistador; Pedro de Rojas, andaluz; Juan de Salcedo,
alférez de a caballo; Bartolomé Sánchez Paniagua, nues-

tro barrachel; Diego Sánchez Bilbao, nuestro pagador. Y otros muchos hijos-dalgo desta liga, ruegan a Dios, Nuestro Señor, te aumente siempre en bien y ensalce en prosperidad contra el turco y franceses, y todos los demás que en estas partes te quisieran hacer guerra; y en estas nos dé Dios gracia que podamos alcanzar con nuestras armas el precio que se nos debe, pues nos han negado lo que de derecho se nos debía.

Hijo de fieles vasallos en tierra vascongada, y rebelde hasta la muerte por tu ingratitud.

Lope de Aguirre, el Peregrino.

ÍNDICE

V EL REINO DE LAS TINIEBLAS

APÉNDICE

Impreso en Estados Unidos
por Casasola Editores

MMXXII

UNIÓN
EDITORIAL
CENTROAMERICANA